Sonya
ソーニャ文庫

初恋をこじらせた
堅物騎士団長は
妖精令嬢に童貞を捧げたい

百門一新

JN131419

イースト・プレス

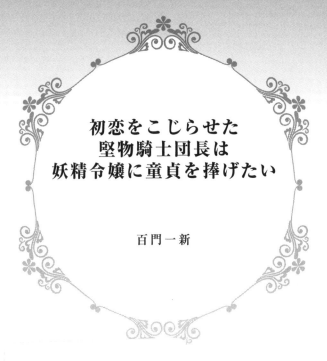

contents

プロローグ

王宮では、華やかなパーティーが続いている。

庭園から見えるホールの縦長の立派な窓も、廊下も、眩《まばゆ》く明るい。

そんな中、十三歳のクリスティナは、夜に包まれた庭園の奥の一角に小さな身体を引っ込めて一人涙していた。

パーティーは始まったばかりだ。それなのに、もう帰りたくてしかたがない。会場から聞こえてくる賑《にぎ》わいに、余計惨めな気持ちになる。

(――涙なんて、出ないと思っていたのに)

嫌だと思い続けてきたことが、十三歳になっていよいよやってきてしまった。

今日、クリスティナ・トリントは、両親と兄に引っ張り出されて社交デビューを迎えた。

波打つ髪は薄くブルーがかった銀色で、月光をきらきらと反射する。

社交界を常に賑わせている美貌《びぼう》の兄と瓜二《うりふた》つの面立ちは、彼を女性にしたかのような美しさだ。

けれど彼女は、誰も私を見ないでと言わんばかりに庭園の隅にうずくまっていた。

涙なんて流れないはずだった。

それなのに今、彼女の水色の瞳は悲壮感に濡《ぬ》れている。

(涙が止まらないと、戻れない――けど止まったとしても戻りたくないわ)

ある理由から、早く涙を止めなければならなかった。けれど幼い彼女の中で気持ちはぶつかり合い、はらはらと涙をこぼさせる。

その時、カサリ、と芝生を踏む音がして肩がはねた。

「そこに誰かいるのか？」

しっかりと響く、成人男性の声だ。

(お願い、見つけないで)

そんな願いもむなしく、涙のせいで止まらないしゃっくりを聞きつけて彼はクリスティナを探しあててしまった。

がさり、と目の前の植物が揺れる。

はっと視線を上げたクリスティナの水のような瞳が、ゆるゆると見開かれ、その男性を映し出した。

(騎士、様？)

月光に照らされて浮かび上がったのは、大きな体軀《たいく》の騎士だった。

声から予想したよりも若い。精悍《せいかん》な顔立ちで、月が似合う静けさを漂わせた眼差しが印象的だ。

彼もまたクリスティナを見て、その赤い瞳をやや見開く。

「どちらのお嬢様だ？　どうしてこんなところに――」

一度にたくさん問われて、クリスティナは抱えていた膝を引き寄せる。

騎士がはたと言葉を切った。伸ばしかけていた手を引っ込めると、反省するみたいに黒っぽい髪を撫《な》で上げる。

「気がきかなくてすまない。よく上官にも怒られる……そうだよな、君は小さなご令嬢だから、俺みたいに大きな身体をした男に見下ろされたら怖いだろう。それなら」

不意に、彼のマントがふわっと揺れた。

「これならどうだ？」

目の前で片膝をつかれて、同じ目線の高さで覗《のぞ》き込まれる。

まさかそんな対応をされるとは思っていなくて、クリスティナは驚いた。

（――まるで、物語の騎士様みたいだわ）

白い頬《ほお》を涙で濡らしながら、彼をじっと見つめてしまう。

「怯《おび》えなくていい。安心して欲しい、俺は君の味方だ。いいね？」

彼が声を和らげてそう言ってくる。

無理にここから引きずり出そうとするような人ではなさそうだ。そう分かって、ひとまずクリスティナはこくこくと頷《うなず》いた。

「どうして泣いているのか、尋ねても？」

城の騎士ならば、立場上無理やりに聞き出すことも可能だろう。

そうはしない彼に緊張がほどけた。クリスティナは、これ以上小さな胸に一人で思いを抱え続けてはいられそうもなくて答えた。

「デ、デビュタントとして顔を出せば、いずれ結婚を申し込まれるでしょう……？」

「まあ、そうだな」

「……私は、け、結婚など、したくないのです」

言葉と共に再び思いが込み上げて、涙もぼろぼろ溢《あふ》れてきた。

過呼吸になってしまったのを見て、彼が少し慌てて落ち着きなさいと言った。それからややあって慎重に尋ねてくる。

「その、君は結婚したくないと言うが、理由があるのか？」

「それは……」

初対面の彼に、本当の理由など打ち明けられるはずがない。

途端に言葉に詰まり、クリスティナは思い詰めた顔を下に向けた。足に覆い被せているドレスをきゅっと握る。

「…………せ、政略結婚には愛がないから、です」

考えた末、そう声を絞り出した。

それは、政略結婚が前提の貴族の少女にはままある気持ちの一つだった。そう答えればそんな理由かと呆《あき》れながらも納得して、忙しい騎士様は去るだろうと十三歳の彼女なりに考えてのことだった。

「うーん、そうか。君は愛のある結婚をしたいのか」

なのに彼は真面目に取り合ってくれた。子供っぽいわがままと受け流されても不思議はないのに。

「あのっ、騎士様はお仕事があるのでは」

「泣いている女の子を一人ここに残して去ることの方が問題だよ。俺にはそんなことはできない。せめて君の涙が止まるまでは」

さらりと返ってきた言葉に、頬がじわりと熱くなる。

よく分からないけれど、初めて覚えるそわそわ感が不安を少し押しやる。涙にも勢いがなくなってきた。

「そうだ。『愛のある結婚をするために見合いを利用してやる』と考えるのはどうだろうか」

「……利用、ですか？」

「見合いをきっかけに好きになることも多い、婚約や結婚をしたあとに愛が育まれることもある、とは、俺がよく周りから言われることだが」

自分の考えではなく受け売りだがと、彼が苦笑する。

いつしかクリスティナの涙は止まっていた。彼の表情や、優しくて低い声や、しゃがんでいてもなお大きくて頼もしい姿に引き込まれていた。

「ほら、パーティーやお見合いではいろんな相手と会うことができる。君が理想とする〝愛せる相手〟と会える絶好の機会でもあるわけだ。そう考えれば、デビュタントに対する気持ちだって全然変わってくるだろう?」

クリスティナの瞳に輝きが宿り、溜《た》まっていた涙の最後の一粒が頬を落ちていった。言いながら彼がそれを指ですくってくれる。

「どうかな、少しは役に立てたかな?」

「はい、なんだか心が軽くなりました。頑張れそうな気がします」

不安で苦しかったはずの胸が、彼の言葉で温かくなったのを感じて、クリスティナは自分の胸に両手を添えて微笑み返した。

彼には言えないある事情から、パーティーやお見合いで相手を探すことに積極的にはなれない。

でも彼の言うとおり、もしかしたら〝結婚後〟にクリスティナを愛してくれる人が現れる——そう小さな夢を抱くのは、ありかもしれない。現実は変わらなくても、彼の一言には心が救われた。

両親を心配させてしまうだろうから、そろそろ会場に戻ろう。

そう決めて涙の跡を拭っている間も、彼は待っていてくれた。立ち上がるのを手伝ってもくれた。

「もう大丈夫か?」

「はい。騎士様、ありがとうございました。一途な人と、いつかそんな人と良縁ができるよう、希望を捨てないでいこうと思います」

「そうか」

ぺこりとお辞儀をすると彼がにこっと笑って、行くべき道を手で示してくれた。お先にどうぞと仕草で語る彼に、クリスティナはくすぐったい気持ちで会釈をして歩いていった。

追いかけてくる足音はなかった。彼は見回りに戻るのかもしれない。

(お仕事中なのに、私を優先してくれたんだわ)

一人前の女性扱いをされたのは、初めての経験だった。

嬉《うれ》しさと、だんだん大きくなっていく胸の高鳴りと恥じらいに、自然と早足になっていく。長い銀髪が腰の上で躍った。

(まずは立派なレディになるために、令嬢教育を頑張ろう)

先程大人の対応をしてくれた彼に、もっと相応しい対応ができたんじゃないかしらと早鐘を打つ鼓動を聞きながら思った。

だが、庭園を抜けたところではたと足を止めた。

「あっ……」

涙を流してしまった。

(私は、人前で泣いてはいけないのに)

高揚感が一気に冷めて、はっと後ろを振り返る。

そこには静けさが漂っているばかりだった。あの背の高い騎士が〝態度を急変させて〟戻ってくる気配はない。

彼と出会った場所は、すでに見えない。

ざーっと吹き抜けた夜風に、クリスティナは銀髪を手で押さえた。

（〝魔法〟をかけるような言葉は言わなかったし……騎士様に異変はなかった……大丈夫、よね）

自分の言葉に、懸念すべき〝台詞〟はなかったはずだ。思い返して、ようやく身体の強張りを解く。

その時、外廊下の階段を下りてくる人影があった。

「ああ、よかった、ここにいたのかクリスティナ」

迎えに来たのは、クリスティナと同じブルーがかった銀髪に湖のような目をした兄だ。

「どこへ行っていたんだい？」

「少し落ち着きたくて、外の空気を吸いに……ごめんなさい、お父様とお母様が心配していましたか？」

「大丈夫だよ、まだ気付いてない。さ、戻ろうか」

兄が手を握ってくれる。

「何もなかったかい？　平気？」

変な人に迫られたら殴ってあげる、と、ここへ来る馬車の中で兄に言われたばかりだった。

「いえ、何も」

クリスティナは安心しきった顔で笑ってそう答え、彼と手を繋《つな》いでパーティー会場へと戻った。

◇◇◇

見回りに戻るべきだったのに、足が動かなかった。

少女の姿が見えなくなって数十を数えたところで――騎士様ことアレックスは、盛大に息をもらした。

どうにか伸ばしていた背から力を抜いた。ぐらついた身体を通路の塀で支える。

(動悸《どうき》がおかしい。息が、うまくできない)

彼は、震える吐息で深呼吸を繰り返しながら、皺《しわ》ができるくらいジャケットの胸元をぎゅーっと握った。

「……なんだあれ。あんなに可愛《かわい》い天使、見たことないぞ」

人に聞かれたら白い目を向けられそうだが、口にしている彼は至極真剣だった。

心臓が、どっどっと音を立てている。

血が激しく巡っているみたいに身体が熱い。

まさに天使だと思った。いや、女神かもしれない。先程ここにいた少女は、ものの見事にアレックスのハートを射抜いてしまっていた。

「俺、ちゃんと紳士として対応できてたか？」

声をかけた時、アレックスは顔を上げた彼女に見とれた。

涙に揺れる大きな湖のような瞳が彼を真っすぐ映し出した時、世界が静止した。

月光を受けた彼女は、妖精みたいにそこに座っていた。ブルーにも見える銀髪がさらりと揺れて、白い肌は無垢《むく》さと、それと正反対の危うい艶《つや》っぽさをも秘めていた。

（こんなこと、初めてだ）

相手は子供だというのに、アレックスは心臓を鷲掴《わしづか》みにされたのを、この胸にはっきりと感じたのだ。

とても、美しい少女だった。

そのうえ滅多に見られない淑女の涙は、彼女にとても似合っていた。

「あんなに〝尊い〟泣き顔とか、あるか？」

いや、ない。

アレックスは自分の問いに自分で答える。口元を覆う手が興奮で震える。泣き顔からの、あの健気な笑顔だ。なんとも愛らしく、彼の胸を甘酸っぱくずきゅーんっと貫いていった。

「うぉぉおっ、なんって尊いんだ……っ！」

思い返した彼は、最小限に抑えた雄叫《おたけ》びを掌《てのひら》の中でくぐもらせる。

（――俺は、天使と出会ったのか）

アレックスは合点がいって、カッと目を見開いた。

一目で彼の心を奪った少女。今まで女性に触れたい欲求さえなかったが、彼の頭の中は彼女のことでいっぱいになっていた。

美少女は誰かと問われたら、彼は絶対に彼女の名を挙げるだろう。

もっとも愛らしい娘は誰だと尋ねられたとしても、最推しは彼女だ。

この愛おしい気持ちを世に説きまくって、なんならグッズも作って宣伝して回りた――。

「いや待てっ、早まるな！　落ち着け俺っ！」

彼女はデビュタントだが、どうも目立ちたくない様子だった。

あの愛らしさなので、姿を見せるだけで誰もが注目するだろう。

（いや、注目させたくない）

できることなら、アレックスだけが愛《め》でていたい。

彼だけが知っていると涙と、ふにゃっと本心から笑ったあどけないあの顔。そんな彼女の愛らしさを独り占めしてしまいたい。

そう感じたところで、彼は茂った植木の茂みに頭を数回埋《うず》めた。

「待て待て待て、彼女は一回り年下なんだぞっ、そして一途で素敵な人を求めて……」

どうやらロマンチックな恋を望んでいるらしい。

アレックスはいったん冷静に戻った。

彼女が口にしていた内容から推測するに、それは少女が好みそうなシチュエーションだろう。

とすると、彼女の憧れは同年代の線が細いイケメンとの恋、だろうか。

「……くっ、俺がもっと若くて細マッチョなイケメンだったら！」

茂みをばさばさ鳴らしたのを聞きつけたのか、警備兵が覗き込んできた。独り言を呟《つぶや》いているアレックスを目にするなり、不審人物でも見るような困惑極まった顔をする。

（悔しい。彼女の隣に並ぶ男を殺しそうだ……）

しかし、それではいけない。

何よりも彼女の幸せが一番だ。……正直に言ってしまえば、泣き顔をもう一度見たいとは思うけれど。

「いかんいかん、相手は子供だぞ。邪《よこしま》なことを考えてはいかんっ」

アレックスは自分に言い聞かせる。

遠くから眺めるだけで我慢しなければならない。尊い彼女の幸せが何より優先だ。いずれ彼女の婚約の吉報を聞くことにはなろうが、黙って、そう、黙って見守、る……。

「くっ、つらい……！」

だめだ、心が折れそうだ。

アレックスが一人悔し涙をこらえていると、警備兵がとうとう「騎士団長があぁ！」と悲鳴を上げて応援を呼びに行った。

そんなことにも彼は気付かなかった。

「俺は次男であるし、軍人だ。彼女に触れる機会などないだろう」

とにかく、自分に現実を突きつけるように言い聞かせる。

けれどそこで後退しないのが、二十五歳にしてすでに騎士団長であるアレックス・グレアムだった。

「……だがっ、愛は本物だ！　俺は彼女を見守り続ける！」

彼は、勝手に彼女の見守り手となることを決めた。

しかし、それが一般的に〝ストーカー〟と呼ばれている行為であることを——それから五年が経っても童貞のままとなってしまう彼自身は、気付くことがなかった。

一章

ウィトグリア王国には、妖精の血が混じった一族が存在している。

その血は今ではかなり薄れているが、時に祖先にあたる妖精の性質を持って生まれる子がいた。

そうすると、摩訶《まか》不思議な現象が起こる。

たとえば屋内が水浸しになってしまったり、何もないところに炎が上がったり――。

『体質のようなものなので仕方がない』

この国では昔から続いていることなので、人々も不思議な現象を受け入れている節があった。

それらは、親しみを込めて〝古《いにしえ》の魔法〟と呼ばれていた。王都には相談所や研究所といった古の魔法の専門施設があった。古の魔法の性質持ちは滅多に生まれないため、研究機関はあっても分かっていることは少ない。

――悲劇の妖精、ローレライの子孫トリント子爵家。

クリスティナの一族もそうだった。

過去に古の魔法の現象は確認されたことがあるが、〝相談者がいなくなって〟調査不十分のまま終わったようだ。

「いい話だと思うんだ。一度会ってみるのはどうかね？」

あくまでクリスティナに判断を委ね、提案するトリント子爵の声は柔らかい。

「いいえ、私は〝呪い〟持ちですから……どうか、先方には『申し訳ございません』とお断りください」

父に誠心誠意頭を下げたクリスティナは、水色がかった銀髪を揺らして顔を上げた。

「……そうか」

トリント子爵は、心配する顔に侘《わび》しげな笑みを浮かべた。

あれから五年、クリスティナは十八歳になっていた。

以前は細い身体つきで同年齢の女の子よりも小さかったが、平均まで伸びた身長に女性らしい肉づきが加わり、美しい大人の女性へと成長した。

クリスティナは、ほとんど屋敷から出ない生活を送っていた。

それでも彼女がひとたび社交界に現れると、皆の目を惹《ひ》き、このように縁談が舞い込んだ。

（ごめんなさいお父様、そんな顔をさせたいわけではないけれど……どうしても、無理なの）

結婚に踏み出す、勇気がない。

そんなことを口にしたらまた悲しませると分かっているから、クリスティナは礼をしてそのまま書斎を退室した。

廊下に出てようやく、固くなっていた表情に普段の柔らかさが戻る。

歩きながらふと、窓ガラスに映った自分の姿を見た。

窓の向こうは曇り空であるのに、水にブルーの宝石を転がしたような、鮮やかな自分の水色の瞳がそこにはあった。

ブルーがかった銀髪は、デビュタントの頃からぐっと伸びて尻まで覆っている。

こうやって窓にぼんやりと反射した自分の姿を眺めていると、癖のある髪が水中に波打っているようにも見えた。

（――まるで、絵本に描かれた妖精ローレライみたいだわ）

年々、大人に近づく自分の姿にそう思った。

クリスティナは、トリント一族に伝わる妖精の性質を持って生まれた。

【妖精の末裔《まつえい》全家系目録。トリント子爵家、妖精ローレライの〝呪い〟】

古の魔法は、時に呪いとも言われた。

それを持っていると発覚したのは、クリスティナが淑女教育を受け始めてしばらく経った幼少の頃だった。

怪我をしてもほとんど泣くことのないクリスティナを心配し、家族が専門機関の検査を受けさせたところ、先祖返りに近いほどの強い性質を持っていると判明した。

『お嬢様は妖精ローレライの強力な魔法を持っておられます。ローレライの魔法については分かっていることは少ないのですが、涙は、人前では流さないように――』

父は言葉を失い、母は声なき悲鳴を上げた口を押さえていた。

恋をして海から地上に上がったのに、恋に破れ嘆き悲しんだ妖精ローレライ。未婚の異性を思うがままに魅了し、心を操って自分を愛させることができたという。

好きな相手を振り向かせることができるなんて、皆が羨む魔法だと思うかもしれない。だけど、そんないいものではない。

現にクリスティナはそのせいで恋はおろか、人に会うのさえ怖くなってしまった。

『今日も騎士団長様は素敵ねぇっ』

『ほんと、うっとりしちゃうわ。王城で一番身持ちが固い騎士様よ。なんて素敵なの！』

社交デビューの後しばらくして、庭園で会った彼が誰なのか知った。

モテそうだと思ったが、やっぱりすでにファンがいたらしい。黄色い声でそう囁《ささや》き合う令嬢達の話が耳に入った。

どきりとさせられたあの台詞も、モテる彼だからこそさらりと口から出せたのだろう。

今でも、彼の活躍を耳にするたび、クリスティナは感謝と共にあの時のことを思い出した。

デビューした日、つい取り乱してしまった。

妖精ローレライの性質を持った子孫は、涙が出にくい。涙さえ流さなければ大丈夫だろうと言われている。

　けれど——あの日、心が悲鳴を上げて涙がこぼれた。

　舞踏会に出席してみると、そこには幸せそうに寄り添い歩いているカップルも多くいた。

　幸せだと言わんばかりの新婚夫婦や、子が巣立ったあとでも仲睦《なかむつ》まじげな夫妻——。

　彼らは、お互いに愛を信じ合っているように見えた。

（私もそんな結婚ができるの？）

　兄が令嬢達に囲まれたすきに、クリスティナも令息達に声をかけられた。入れ代わり立ち代わり挨拶をされるたび、この人に自分を好きにならせてしまったらどうしよう、と心臓がどっどっと嫌な鼓動を大きくした。

　そして不安が一気に爆発して、涙が出て逃げ出した。

　その性質が自分にあると知らなかった幼い頃、クリスティナも他の令嬢達と同じように夢見ていたのだ。

『お兄様、私ね、婚約した人と恋をして、相思相愛で結婚して、夫婦になったらその人に尽くすの！　そのためにお勉強も頑張るのよ』

　笑顔で語れていた頃——でも、それも叶《かな》わない。

　恋し合って結婚？　そんなことは無理なのだと、専門家の話を聞きながら幼いクリスティナは失望した。

　相手へ魔法をかけてしまうかもしれない。

お互いのことを知る前に、魔法で恋をさせてしまう。そして結婚後は、まるで別人に変わってしまう姿を、目の当たりにするはずだ。

(今はまだ――それに耐えられる自信が、ない)

「また縁談かい?」

その時、声をかけられて廊下へ視線を戻した。

そこには歩いてくる兄のサリユスがいた。

クリスティナより二つ年上の二十歳。同じ銀髪なのに、情熱的な赤い薔薇《ばら》を背負っているみたいな美男子だった。

「十八歳にもなると、さすがに放っておかれないね。この際、縁談を持ちかけた全員と会ってみて、気に入る相手を探してみるのもありじゃないかな?」

日頃、自分の美しさを惜しみなく振りまいているサリユスらしい意見だった。

「そんなことできませんわ自信がなくて……」

そういう気になれないと答えたら、情熱的に説得されるのは目に見えている。クリスティナは柔らかな苦笑を返した。

「君は僕に似てとても美しいんだ、自信を持って」

サリユスがにっこりと笑いかけてくる。

「自信とか、そういう問題ではなく――」

「妖精ローレライは、ものすごい美女だったという。僕なら、伝説の美女の血を引いていることを武器にして貴婦人達の視線を集めてやるけどね」

「まぁ、お兄様ったら」

兄は変わり者だ。一族は性質持ちでなくても目立たないよう静かに暮らしている。ローレライの一族と聞くとみんな構えてしまうからだ。

それなのに彼は、物心ついた頃から脚光を浴びるのが大好きだった。口もよく回るものだから、父も言いくるめられて困っていることもある。

『積極的な兄に対し、美しい妹は内向的だ』

そんなふうに社交界で囁かれているのは、すべてこの兄のせいだ。

（内向的なのではなく、予防策なのよ）

妖精ローレライは、海に住む妖精だった。気に入った未婚の男性を魅了して海に引きずり込み、魂を愛でたと言われている。

しかし妖精ローレライは、人間に恋をして足を得て陸に上がった。

生きた相手と恋をしたかったのだ。悲恋の末、海にも戻れなくなってしまった彼女は、恋人たちの恋の成就を邪魔すべく魅了の魔法で地上を騒がせたとか。

その時には、彼女のお腹にはすでに愛した人の子が宿っていたという。

【生まれた子は、嘆《なげ》き悲しむ彼女の性質を濃く受け継いだ――】

と伝説では言われているが、どこまで本当かは分からない。

人間の男に捨てられたローレライに妖精王が深く同情し、ローレライ一族の涙に特別な力を与えた、という説もある。

けれど、そんなロマンチックなものでもないとクリスティナは思う。

(……心を操る魔法なんて、ただの呪いだわ)

きゅっと手を握った時、サリユスが話題を変えるように言った。

「可愛い妹の顔も見られたし、それじゃ、僕は今夜の貴族会に出かける準備をしてくるとしよう」

「またですの？　あまり頻繁《ひんぱん》に行くところではないとお母様は――」

「貴重な出会いの場だよ。友人も増える。クリスティナも行く？」

「い、行きませんわっ」

怖いことだ。人が、たくさんいる。

過剰反応したクリスティナに、サリユスは少しだけ寂しそうに笑った。「そっか」と呟くと、すぐ眩《まぶ》しい笑顔へと戻る。

「引きこもりは身体に毒だよ。美貌と健康の秘訣《ひけつ》は、十分に楽しむことさ。行きたくなったら、いつでも声をかけてね」

にっこりと笑って、サリユスは行ってしまった。

悲劇の妖精ローレライは、嘆きすぎて涙が涸《か》れたと言われている。

そのせいか、一族の妖精性質持ちは涙が出にくい。けれど社交デビューの時もそうだったが全く出ないわけではない。

魔法の発動条件は〝涙〟だ。

相手は涙に触れると強力な魅了の魔法にかかる。

――『私だけを見て』。

それが妖精伝説〝ローレライ〟の魔法の言葉だった。

魔法は性質を持って生まれた一族の未婚の男女のみが発動でき、同じく未婚の異性にだけ〝呪い〟がかかる。

もし、うっかり魔法をかけてしまったら？

そしてまだ恋も知らない自分が、その人から向けられる偽りの恋に溺《おぼ》れて破滅してしまったら――と想像すると怖かった。

悲劇の最期を遂げてしまった先祖がいたと、クリスティナは幼少の頃から何度も聞かされてきた。

その先祖は涙による〝呪い〟で相手を魅了し、本物の恋だと信じた。

だが、結婚して魔法が解け、現実に引き戻されて失意のあまり身を投げた――。

（……怖い。そんなふうになりたくない）

残される家族のことを思ったら、恐ろしかった。

家族の、そして相手の人生を狂わせてしまいたくない。そう思うと人に会うことも恐ろしくなってしまった。貴族の娘として覚悟したはずの政略結婚にさえ躊躇《ちゅうちょ》してしまう。

歩き出したクリスティナは、雲の切れ間から覗いた日差しの眩しさにつられて窓を見た。

磨かれた窓の向こうには、所有地の森の美しさがあった。その奥には王都の街並みが広がっている。

『一途な人がいい』

子供の頃、理想を口にした自分の声が蘇《よみがえ》った。

誰かにずっと想われ、そこから始まるロマンチックな恋、相思相愛の結婚。

今でも未練たらしく胸にこびりついている〝夢〟だった。

「出会いさえ恐れている私に……夢は叶いっこないのに」

交際どころか交友に発展した相手もいないので、ずっと想ってくれている相手——なんて夢のまた夢だ。

父に呼ばれるたび、もしかして誰か一途に想ってくれていた人からの縁談かしらと密かな期待をしては、当たり前のように現実に戻され落胆を繰り返している。

（もう、十八歳……さっきはお断りしてしまったけれど、両親の顔に泥を塗らないためにも、そろそろ政略結婚を真剣に考えないと……）

結婚すれば、そもそもローレライの魔法は発動できなくなるのだから、呪いが怖いと悩むこともない。五年前、優しい〝騎士団長〟に会い、出会ってから恋をしていくことも考えられるようになった。

彼は、結婚したあとに育んでいく関係もあると教えてくれた。

あとは一歩を踏み出す勇気だ。

（ろくな社交もできていないのだから、私が出会えるチャンスは、もうお見合いくらいしかないものね……）

クリスティナは外に出る機会がなく、また、兄があまりにも自信に溢れて輝いているだけに自分の容姿にも自信がないままでいた。

誰かが自分を想ってくれている、なんて臆病なあまり五年間引きこもった自分には儚《はかな》い願望だ。

彼女は自分自身へ失望の溜息をもらす。

——しかしクリスティナはこの五年、とある異性にずっと熱く見守られていることなんて、気付いてもいなかったのだった。

◇◇◇

その前々日、王城でのことだ。

城の有名人と言えば、そろそろ婚約者を探すのではと噂《うわさ》されている二十一歳の王太子だ。次いで有名なのは、彼を幼少の頃から守り抜き、今や右腕としても活躍する三十歳の騎士団長、アレックス・グレアムだ。

アレックスは、名門グレアム伯爵家の次男だ。

仕事熱心で、三十歳になった今も女性の噂一つない堅物だ。硬派な彼に女性達は熱い眼差しを向けるが、そんな視線をものともせず仕事一筋の様子に、軍の若者達も彼を男の中の男だと尊敬していた。

だが、彼をよく知る男達の見解は、世間とは違った。

「えーと……愛が重すぎて、やばい」

「なんだろ。変態……かな？」

そう評するのは、騎士団所属の騎士達だ。

話を聞かされているのは、王太子の執務室前の廊下にいた新米の兵達だった。彼らは憧れの騎士団長を見に来ていた。

「何をおっしゃっているのか分かりませんが、グレアム騎士団長は俺達のハートを奪ったすごい人です！」

「そう聞くとウチの団長がタラシみたいに聞こえるから、言い方を変えよう？」

「しかもっ、なんとあのリリアンティーヌ王女殿下のエスコート役にも抜擢《ばってき》されたのでしょう!?」

「というかさ、君ら熱すぎて俺らの話聞いてない感じ？」

リリアンティーヌは王太子の妹で、十六歳とは思えないほど洗練された美しい女性だった。男性の手を借りたがらない高潔な王女としても知られている。

そんなリリアンティーヌが、エスコートを了承したのだ。

それは、縁談相手の来訪を迎える式での演出に、と提案されたものの一つだった。

彼女も、相手の王子の姿絵に期待を抱いているという。そこで兄である王太子の説得に応じ、エスコートされることになった。

「いやいや、こう話が長引いている時点で察して欲しい」

一人の騎士が、王太子の執務室を親指で示す。

「察するとは、何をでありますか？」

「いやー、なんというかウチの団長はさ……とにかく残念な人、というか」

「夢は壊したくないから、俺らも詳しくは言えないのだけれど」

部下達は揃《そろ》って溜息、そして眉間に悩む皺を刻んで黙り込んだ。

廊下で腹心の部下達にそんな噂をされている騎士団長のアレックスは、人払いがされた室内にいた。

目の前に座っているのは、見目麗しい二十一歳の王太子リアムだ。

アレックスはその向かいのソファに腰を下ろしていた。どっしりと構え、じっと考え込んでいる顔は大変凛々《りり》しい。

「…………王女殿下のエスコート、ですか。なんとも嫌な役割ですね」

溜息と共にようやくアレックスの口から出たのは、あろうことか今をときめく王女殿下のエスコートをすることへの感想だった。しかも実の兄である王太子を前にして、だ。

対するリアムはというと、諦めきった顔だった。

「……お前の〝諸々《もろもろ》〟のことは重々承知しているが、ほんと残念でならないな。まさかとは思うが、今の長い熟考の間、またクリスティナ嬢のことを考えていたのではないな？」

「え？　考えていましたが、それが何か？」

「エスコートの申し出を受けている間くらい忘れろっ。なんのために待たされていたのか分からなくなるわ！」

リアムが重厚なテーブルに拳《こぶし》をあてる。

彼の主張は当然だったが、そんなことは当のアレックスには通用しない。

「お言葉ですが、俺が彼女のことを考えない時間なんて一分一秒もありません」

五年前、一目見たあの日からアレックスはクリスティナ一筋だった。

それは彼を知る者達の間では、有名な話だ。

生真面目な性格がそうさせているのか、彼自身の堅実さからきているのか、本人が隠しもしないせいだった。

おかげで、総じて『変な男である』とみんなに思われていた。

クリスティナと出会った時、アレックスは二十五歳という、結婚に適した年齢だった。

それなのに上官に『ウチの娘はどうだろうか』と縁談をもちかけられた際、彼は平然とこう言ってのけた。

『彼女を見守るのに忙しいので、童貞を貫く所存です。構わないでいただきたい』

そうかまだ童貞なのか……と居合わせた全員が呟いた一件でもあった。

その提案は城の廊下でなされた。断言されたその上官も、目撃者となった男達もアレックスの言葉に沈黙した——とは、軍内部で密かに語り継がれている話だった。

そのため伯爵家の次男であるアレックスは、それ以降縁談の打診をされていない。

グレアム伯爵も「好きにしろ」と諦めた、と言うのが正しい。

アレックスはそもそも女性に興味が向かず、仕事一筋で二十五歳まで童貞だった。けれど当時十三歳のクリスティナに出会って、一目で心底惚《ほ》れてしまったのだ。

初めて欲情した。されど彼は引き続き童貞だった。

(泣き顔は、なんとも愛らしかった)

涙した顔まで愛らしくて美しい、という感想を抱いた。

思い返すたび「成長した彼女の泣き顔もぜひ見てみたい……」などと不埒《ふらち》な思いが込み上げる。

しかし、騎士としては彼女の〝理想〟を裏切りたくはない。

彼女は、どうやらロマンチックが好みのようなのだ。

望む相手は、白馬の王子様みたいな細いイケメンなのだろう。十二歳年上で、野暮ったい軍人のアレックスが申し込んだとしても首を縦に振らないはずだし——。

あれから五年、彼はクリスティナをひたすら見守ってきた。

幼少は花のように愛らしかったが、彼女は幻想的な美しい女性へ成長した。

いずれ彼女と婚約する男が羨ましくてたまらないが、アレックスは彼女の〝見守り手〟だ。窮地にあるときには白馬の騎士のごとく駆けつけたい。

そう思い、彼女が社交に出席すると聞きつければ自分も参加して、さりげなく背後に陣取り、一言一句聞き逃さず見守っている。

「それを世間ではストーカーと言うんだぞ」

独白中のところに、リアムの声が飛んできた。

（おかしいな。これも俺の妄想なのかもしれない）

アレックスは言われたような気がした言葉に、うんうんと腕組みをしながら頷く。ストーカーなどという失礼な言葉を、幼少よりお育てした我が主は言わないはずだ。

そもそも、これはストーカーではなく、愛ゆえの〝見守り〟なのだ。

彼女の願いが叶う日を見届けるために、アレックスは強烈な嫉妬やら欲望やらを抑えて今に至るのだ。

見守って困ったのは、不埒な想いを抱いてしまうことだ。

クリスティナは、どの年齢においても大変愛らしかった。

しかしながら年齢を重ねるごとに花開くような色気を漂わせて、それはもう、困るほどにアレックスの純情をいたぶるのだ。

パーティー会場で兄を探していた時の儚げな横顔なんて、猛烈に尊すぎて卑猥《ひわい》な妄想が瞬時に湧き起こってほんと困った。

（実に、素敵な女性だ）

アレックスは己の中でそう感想をまとめる。

童貞なのに、彼の頭は淫らなことも平気で考えるしまつだ。

許されるのなら向かい合い、見つめられてあの声を直に聞きたい。毎日クリスティナに吸いつきたい気分だ――。

「やめろ。声に出すな」

その時リアムの悲鳴が上がった。

「あ、出ておりましたか。申し訳ございません」

アレックスはきりりとした顔と姿勢を取り、深く詫《わ》びた。

「ったく……涼しい顔をして、ほんと嫌になるな」

「地顔は改善不可能ですので、ご容赦ください」

「私は・お・ま・え・のっ、性格のことを言っているんだ！」

リアムが指を突きつけてきっちり訂正した。

「とにかくっ、今度の週末のエスコート役は頼んだぞ。お前は血筋もよく、何より、功績を多く残した騎士団長としても華がある。私の護衛騎士として連れても申し分ない男だ。先方への敬意を示すことにもなる」

彼の父である国王から次代の王となるリアムへ、成人の儀で剣の忠誠継承を行った身としても断れない。

アレックスは、護衛を兼ねてリリアンティーヌのエスコートをすると渋々答えた。

（彼女以外の女性に触れるなど、嫌だなぁ）

そんな彼の想いは――思いもよらない形で叶うこととなる。

翌々日、クリスティナが縁談の話で父の書斎に呼ばれる少し前のことだ。

王城には第一王女リリアンティーヌに会いに、隣国のレバルシエ王国から王子一行が訪れていた。

時刻は、すでに正午を回っていた。

本来であればアレックスも大広間に出て、パーティーに同席しているはず――だったのだが開始時刻前、彼は急遽《きゅうきょ》別室に移動させられた。

王太子として挨拶を済ませたリアムも控室に走って戻ってきた。

「なんだ、いったいどういうことなんだっ」

駆け込むなりそう第一声を放った彼の動揺は、もっともだった。居合わせた部下も、王城の侍医も同じく心配そうな顔でリアムを迎える。

そこにいるみんなが、診察台に腰かけているアレックスを見守っていた。

彼のマントを抱えた部下の姿もある。

「落ち着かれますように、王太子殿下。姫君にお怪我がなくて何よりでした」

侍医に代わり、アレックスを前に診察椅子に座ったのは、ローブをまとった妖精の性質持ちの専門家だった。

「冷静を欠いた、すまない。――確かにその通りだ、妹も怪我はなかった。アレックスにも怪我はないな？」

「はい、擦り傷一つありません」

アレックスが手を握ったり開いたりしてみせる。

「殿下、彼は肌ではなく、肌の上に〝膜のようなモノが現れて弾いた〟だけですから、怪我をすることはありません」

専門家の言葉に室内がざわついた。

アレックスの部下達が「先生」と問いかけた。

「いったいどうなっているんですか？　ウチの団長に、何が起こっているんです？」

アレックスは自分の手を見た。

少し前、リアムと共に控室にいたリリアンティーヌと合流した。渋々エスコートしようとした次の瞬間、手に水色の電気のようなものが走って〝弾いて〟しまったのだ。

彼女も何が起こったのか分からないという顔をしていた。それは控室にいた者や、開けられた扉の向こうにいた警備兵達も同じだった。

そして急遽兄であるリアムがエスコートすることになった。

『お兄様にエスコートされるなんて屈辱だわ。今後一切して欲しくないので、よろしくお願いしますわね、お兄様』

『毎回、実の兄に対するあたりがひどすぎる……お前はどうしてそう辛辣《しんらつ》なうえ可愛げがないんだ……』

リアムも『妹と並んで歩くのはごめんこうむりたい』とげんなりとしていた。

「グレアム騎士団長の症状ですが、これは〝古の魔法〟ですね。覚えはございませんか？」

アレックスは、首をひねって「ないなぁ」と答えた。

「先程ブルーの光が出てましたので、文献から見るに妖精ローレライあたりかと」

「まさかそんなはず――」

直後、リアムは言葉を切った。

彼を含めてアレックスの〝残念さ〟を知っている全員が「あ」という顔をした。

「心当たりがおありで？」

専門家は、そのような反応をまるで予想していなかったような目でアレックスを見つめる。

リアムは金髪をかき上げて「そうくるか……」と呻《うめ》いた。

「実は五年前、アレックスはその家系の令嬢と遭遇している」

「ほぉ。今までよくお気付きになられませんでしたな？　女性を弾くようですが」

「アレックスは……身持ちが固い男だ」

答えたリアムを、アレックス以外の全員が、涙が出そうな顔で見守っていた。

「そうでしたか。相手は〝妖精ローレライ〟ですから、本人にその意図がないまま魔法をかけてしまったのでしょうなぁ」

「うむ、恐らくはそうだろうな」

王太子だけあって、リアムも国の妖精の一族についてはそれなりに詳しい。

「見た目で判断できる症状ではなかったのも、気付くのが遅れた要因でしょうね。魅了系の魔法は精神に作用するものが多く、肉体にも作用しているのは珍しいですね。ですが、五年も前であれば精神への魔法はとっくに薄れてなくなっているはず。今は肉体面への影響、つまり未婚の女性を弾くという効果だけが残っているのかもしれません」

見た目で異変があると判断できる以前に――などとリアム達は各々、アレックスへ怨念のような呟きをもらしている。

アレックスは自分の手を見た。

「他の女性に触れられなくなっている、か……」

あの弾かれる感じがそうだったのだと、ようやく理解が追いつく。

クリスティナと接触したのは五年前だ。今に至るまで彼女に気付かれないように見守り、妄想するのに忙しくて他の女性に触れる機会がなかったため発覚しなかったのだ。

妖精ローレライは、悲劇の恋をしたことで知られている。

嘆きのあまり、恋人達を引き裂くように〝呪い〟を振りまいた。怨念のせいか子孫達に受け継がれた〝古の魔法〟は、強力だと言われている。

（そうか。彼女はその性質持ちで生まれたのか……）

泣いていたのも、そういった事情があったせいなのだろう。

通常、世代を重ねるごとに妖精から受け継いだ性質は薄まる。治療方法の開発が進まないのは、妖精の性質持ちが極端に少ないからだ。

こんな強力な〝古の魔法〟があれば結婚できない、と思ったのかもしれない。

アレックスはあの時、クリスティナが泣いていた理由を推測した。

けれど事情を知ったところで、彼女の涙を拭いたいという彼の気持ちは変わらなかった。

(俺なら、そんなこと全然構わないのに)

もし叶うなら、アレックスは他の誰にも彼女の涙に触れさせないだろう。『俺だけに拭わせてくれ』と言い、魔法なんて気にしないと証明するためその涙を吸ったって構わない。

アレックスの体調に問題がないことを確認した医師が部屋を辞した。

続いて、リアムと話をした専門家が、妖精ローレライについて詳しく調べてくると言って出ていった。

控室には部下の騎士達、頭を抱えて本気で悩んでくれているリアムが残された。

だがそんな周りの反応をよそに、アレックスはふと顎を撫でた。

「未婚女性に触れない――いいんじゃないか？　俺は、クリスティナ以外の女性に触れるつもりも、触らせるつもりも今後予定にない」

すっかり一方的に呼び慣れている名を口にして、彼は一人納得する。

「これが彼女による魔法なら、かえって大歓迎な気がする」

「は」

「彼女に拘束されている感じがなんとも――」

「アレックスもう黙れ！」

ついにリアムが怒鳴った。部下達も「えぇぇっ」と叫ぶ。

「そんな……っ、それだと団長は一生童貞ですよ⁉」

「それがなんだ？」

「……あ、あり得ねー！」

部下とは思えない発言が、騎士達から口々に飛び出した。

リアムも美しい顔が引きつっていた。

「お前のことは嫌になるくらい知っているつもりだが……相手の身分も関係なく女性を弾いてしまうなどと、業務に支障が出るだろ。どうにかしろ」

「支障などないかと」

真っ向からそう答えたアレックスは、なんで半ば逆ギレ状態なんだろうな、と他人事のように思っていた。

「お前は先程のことを忘れたのか？　リリアンティーヌのことが急遽変更されただろう」

「あ、そうでしたね。キャンセルになってよかったと思いました」

「馬鹿者。正直に述べるな」

リアムが、疲れきった様子で大きく息をもらした。

「お前は、私が即位した時にそばにいて欲しい騎士なんだ。女性に触ることができないなど、私にとってもデメリットでしかないだろうが」

アレックスは、少し考える顔をしていた。

その一方で騎士率が高い室内には「確かに……」という空気が広がっていた。

◇◇◇

その翌日、昨夜貴族会に遅くまで出ていた兄が惰眠を貪っている中で、クリスティナは図書室に閉じこもり考え込んでいた。

(今度の花見会には、同行した方がいいかしら……)

先日、食卓で兄が両親に出席予定だと報告し、誘ってきたそれに参加するかしないかを真面目に検討していた。

誰にも邪魔されたくない時、彼女はいつも図書室を利用した。

「出席の申し込みをしておきますか?」

そう確認してきたのは、幼い頃からいる侍女のマルシアだ。

クリスティナは彼女を伴って図書室に入り、そろそろ政略結婚と向き合ってみようかと相談していた。

日々娯楽みたいにあちこちで開催されている集まりは、貴族の交流の場だ。

今までは人と会うのをなるべく避けてきたが、元々ロマンチックなクリスティナが、会ったこともない相手と政略結婚をするのはさすがにハードルが高い。せめて、遠くからあらかじめ姿を確認しておきたい。

「……まずは、お兄様にお話を聞いてみようかしら」

実の兄なのに、性格が合わず苦手なのもまた悩むところだ。

クリスティナと違い、サリユスは交友関係が広く色々なところに行き慣れていた。連れていってもらうなら彼以上の適材者はいない。

「でも、やたら注目を浴びるような気がしてならないの……どう思う？」

「まさにその通りかと思います」

クリスティナは頭を抱えたくなった。でも現実問題として、そろそろ結婚しなくてはならないのでこのまま逃げるのもよくない。

（お兄様が起きたら、『目立たないように案内してくださいませんか』とまずはお願いしてみようかしら――）

だが、兄に相談するチャンスはなくなってしまう。

突如、城から使者が来たのだ。大慌ての母に呼ばれたクリスティナは、玄関ホールに似合わない物々しい騎士達の姿を見て緊張した。

白い甲冑《かっちゅう》と紋章は、王が暮らす城の警備にあたっている騎士達だ。

「私が、王城に……？」

彼らはクリスティナを迎えに来たと言った。急ぎ確認したいことがあるそうだ。

用件も明かされないままでは行かせられないと、父も心配し、母も泣きそうな顔で訴えたが、騎士達は「今すぐに馬車へ」とクリスティナに告げた。

「ご安心いただきたい。ただ、御息女に会いたいお方がいるだけなのです」

騎士達は、トリント子爵夫妻を宥《なだ》めるようにそう言った。

このばたついた中で起きない兄は、さすがに神経が図太すぎると思った。侍女を伴うのもだめだと言われ、一人馬車に乗り込む。

騎士団の騎馬を同行させた立派な馬車だった。

馬の蹄《ひづめ》の音がしたかと思うと、それは急ぐようなスピードでぐんぐん屋敷から離れてしまい、いったい誰に呼び出されたのかと一層緊張した。

(どんな用件なのかしら？)

緊張状態の中、馬車は王都の街を走り抜けて、王城へ到着した。

心の準備など待たず、白い軍服が目立つ立派な騎士に下車を手伝われる。

「あ、あの、あなた方は……」

「我々は、王太子つきの護衛騎士団です」

「王太子殿下……!?」

クリスティナは、もう少しで悲鳴を上げそうだった。

とすると、呼び出した相手というのは、王太子リアム・ウィトグリアなのか。

(でも、どうして？)

信じられなかった。社交デビューの際に、国王と王妃と同席していた彼へ挨拶の言葉を述べた程度の面識だ。

混乱したまま、白い騎士達に案内されたのは王城の上階にある王太子の執務室だった。

そして、まさかの王太子本人が出迎えた。

「急に呼び出してすまないね。クリスティナ・トリント嬢で間違いない？」

「は、はいっ。私がトリント子爵家の娘、クリスティナでございます」

クリスティナは、慌てて淑女として挨拶をした。

こんなにも間近で王太子と対面するなんて、あり得ない。

金髪碧眼《きんぱつへきがん》、目にも眩しすぎる美貌は確かに王太子リアムだ。目を合わせるのさえ、とんでもなく失礼なほど格上の相手だった。

「楽にしてくれて構わない。さ、どうぞ」

ずっと頭を下げたままでいると、優しく声をかけられる。

ドレスをつまんでいる手が震えているのに気付いたのだろう。侍女がソファ席まで案内してくれた。

騎士ではなく、同性にそうされてクリスティナも少しだけ緊張がほどけた。

「君は、アレックス・グレアムという男を知っているだろうか？」

応接席で向かい合ってすぐ、リアムが切り出した。

「私の右腕でもあり、騎士団長をしている。五年前、この城で彼と会っているはずなんだが」

「あっ、はい。覚えております」

（騎士団長……アレックス・グレアム様……）

忘れるはずがない。

クリスティナは社交界の噂には興味がないが、活躍したことや賛辞で話題に出ている彼の名前を聞くたびに耳を澄ませていた。

「君はローレライの一族だそうだね。彼に涙を触れられる機会があった？」

「は、はい、その通りです」

突然の質問でうまく頭が回らない。

緊張して、出された紅茶に手をつける余裕もない。

（えぇと確かに五年前のことよね。で、でも、どうして王太子殿下はそんなことを確認したいのかしら……!?）

部屋に王太子と二人きりではない。扉は開けられて、出入り口付近には侍女と、護衛騎士達もついてくれている。それから、室内の警備に騎士団の軍服の男達が何人かいた。

それでも、引きこもりの彼女にとって、王太子の執務室にいる状況はひどく緊張した。

「実は先日、アレックスがローレライの〝古の魔法〟にかかっていることが判明した」

「えっ」

驚いた拍子に、足がテーブルを打った。

ティーカップがぐらんぐらんと揺れ、騎士がさっと入って転がるのを防いでくれた。

「あ、ありがとうございます……」

　騎士団の軍服を着た彼が、無言のまま目礼してすぐに下がる。

　沈黙を命令されてでもいるのだろうか。お礼を告げた際、無愛想というより彼の顔色が悪くなったのが気になった。

「あ、あの――」

「クリスティナ嬢、彼らの態度は気にしないでくれ。……君と話すと隣の部屋にいる奴が嫉妬で狂いそうで」

「はい？」

「いや、なんでもない。ただの独り言だ」

　小さな声で何かげんなりと呟いたリアムが、話を続ける。

「私も君の一族の〝古の魔法〟の特徴はおおよそ把握している。恋に関わる魔法、と言われてもどんな魔法をかけてしまうのか君自身も分からないんだろう？」

「はいっ、そ、そうです。相手を魅了する、としか。制御はできないと教えられました」

　だから、よくよく気をつけるようにと一族の教訓として受け継がれている。

「君がアレックスと会話した際の『一途』という言葉が、ローレライの〝私だけを見て〟という魔法の言葉となって発動した可能性が高いそうだ。アレックスは、異性に触れられず弾いてしまうようになっている」

「……はい？」

まさか〝呪い〟が女性に触れられない身体にしてしまっている？　それは思ってもみなかった魔法の症状だった。あのなんの変哲《へんてつ》もない会話が魅了の魔法になるなんて、誰が気付けようか。

（あの時私は、異変もなさそうだと判断して確認せずに去った……）

しかも、よりによって恩人に〝呪い〟を残してしまったのだ。

「クリスティナ嬢？　大丈夫か？」

声をかけられて我に返った。

「今にも倒れそうだ」

「だ、だい、じょうぶです」

「我々は君を責めているわけではない。魔法はこの国が妖精の加護を受けている証。体質なので仕方のないことだ」

そうではないのだ。クリスティナがあの時に確認していれば、五年もの歳月を不自由に過ごさせることもなかった。

（『気をつけよう』と自分に言い聞かせて社交デビューに臨んだというのに、私はなんてことを）

体質だからとか、十三歳だったから仕方ないなんて言えない。

「それで、騎士団長様やお相手の女性にお怪我は!?」

「安心して欲しい、どちらも無事だ。それから、相手は彼の恋人ではないことも伝えておく」

なぜかリアムがきちんと補足した。

クリスティナは「はぁ」と生返事をしたところで、ふと気付く。

「これまで異常に気付かなかったのですか？」

「アレックスが一度たりとも、未婚の女性に触れなかったからな」

「え……？」

騎士団長のアレックスが、身持ちが固い男性であることは有名だった。しかし、まさか五年も女性に触れなかったとは驚きを隠せない。

（でもエスコートしたりだとか）

疑問が続いて浮かんだことを察知したのか、リアムが質問を回避するように早口で話を先に進めた。

「強力な妖精の魔法はかけた本人にしか解けないそうだ。アレックスはまだ童て——おっほん！　いや、彼は私にとってなくてはならない騎士なのだ、どうにか急ぎ解決したく思っている」

まさかの童貞だったことにもクリスティナは驚いた。

アレックスは堅実な騎士っぷりも人気だったが、それは彼女が思っていた以上だったようだ。

五年前、クリスティナは彼に優しく手を貸されて立ち上がった。

慰めから励ましまで流れるように紳士であったし、てっきり普段からエスコートも素敵にこなしているものかと――。

(……あっ。もしかして魅了のせいで?)

妖精ローレライの魔法によって、アレックスは他の女性に触れる気が起きなかったのかもしれない。そう考えると腑《ふ》に落ちる。とすると、今も童貞なのもまたクリスティナのせいなのだろう。

立派な騎士団長様なのに、と申し訳なく思った。

殿方にとって童貞は問題、なのかもしれない。

リアムは大切な部下でもあると口にしていたし、呪いを解くため至急協力を求めてクリスティナを呼んだのだ。伯爵家の出身なのにアレックスが単身なのも、本人が縁談話をことごとく断っているのかも――。

(あの時、お兄様に相談していればよかったのだわ)

涙を指で拭われて、初めてときめいた。

アレックスを見た時、とてもハンサムな人だと思った。しばらくは思い返しては頬を火照らせたものだ。

でも、何もなかった、なんてなかったのだ。

気をつけなければならなかったのに。

(五年前も童貞だったとは驚きだけれど……)

「あの……誠に申し訳ございませんでした。五年間も魅了のせいで……」

「いやいや、五年も発覚しなかったのはあいつのせいなんだが。君の魔法の効力で残っているのは、未婚の女性を弾くという効果のみだろうと専門家は言っていた」

精神操作の効果は現在残っていないと言われて少し安堵《あんど》する。

「これから、早速だが専門家を交えて解除を試したい。今のうちに飲んでおいて欲しい」

リアムが紅茶を勧めてきた。

王太子はお忙しい人だ。彼と、そして騎士団長の時間をこれ以上無駄にはできないだろう。クリスティナは今のうちに急ぎ喉を潤す。

「すまないが、ぜひとも君の力を借りたい。協力してくれるか？」

「は、はいっ。もちろんですわ」

あの日、戻って彼を追いかけなかった――。

止まっていたその時間が動くのをクリスティナは感じた。責任を持って協力をしようと思った。

紅茶を飲んで心構えを作る時間を与えてくれたのち、本人を待たせているということでリアムたちと共に隣室へ移動した。

広い部屋は、赤絨毯《あかじゅうたん》や上等な書斎家具が置かれ、密な話ができる特別な空間にクリスティナには思えた。

待っていたのは二人の人間だった。

一人は妖精の性質持ちの研究をしている国家機関の専門家ドレイドだとリアムに紹介を受けた。

そして、続いて彼が紹介したのは、騎士団長アレックス・グレアムだ。

(あっ……彼だわ)

立ち上がった彼は、記憶の中と同じくクリスティナより随分背が高かった。

アレックスは五年の歳月を重ね、ぐっと落ち着きが増して、ますます魅力的な男性になっていた。

誠実さがうかがえる目鼻立ち、きりりと結ばれた唇。引き締まった顎のラインと、鍛《きた》えられていると分かる首回り。けれど武骨な軍人というより、一人の貴族紳士として不思議と色気も漂わせている。

(マントがとてもよくお似合いだわ。それから、勲章《くんしょう》も増えたみたい)

ついじっと見つめてしまい、慌てて目をそらす。大人になったクリスティナから見ても、やはり彼はとても素敵な男性だった。

「す、すまないっ、驚かせてしまったかな」

目を伏せてすぐ、慌てたように声をかけられた。

記憶と違《たが》わない、それでいて魅力的な深みが増した声だ。

クリスティナが水色の瞳をそろりと上げると、一歩離れて、やや腰を屈めているアレックスがいた。

（やっぱり、あの頃とお変わりないわ）

その優しい気遣いに、初めての社交界の甘酸っぱい夜を思い出す。

アレックスと目が合った時、ルビーみたいな美しい赤に見入られた。だが、彼の目元がじわりと赤くなる。

（体調が悪いのかしら……？）

リアムが分かりやすく溜息をもらした。

「クリスティナ嬢、気にしないでくれ。そうだな、日差しの加減で変に見えるだけだ」

言い訳がいい加減すぎるだろうと、騎士から小さなツッコミが入る。

「まぁ、そうですのね」

クリスティナは、つられて小さな窓を見た。

この対面に彼らも緊張していたのか、ドレイドも、それから騎士団の男達も気が抜けたような顔をした。

「さて。それではこちらへどうぞ」

んんっと咳払《せきばら》いを挟んだドレイドに促され、向かい合わせに用意された二つの一人がけソファに腰かける。

「まずは確認をさせていただきます。さ、手を出してください」

アレックスが手を差し出した。

兄のものとも違う鍛えられた男性の大きな手に驚いた。なんだかどきどきしてしまったが、クリスティナはドレイドの指示に従ってそこに指先をのせた。

一瞬空気が張り詰め、誰もが反応を注視した。

「――問題なく触れる、な」

緊張を吐き出すみたいにリアムが言った。

「クリスティナ様、これで確信が得られました。弾かれない未婚の女性はあなた様だけです」

「つまり私が〝呪い〟をかけてしまったのは、本当なのですね……」

「はい、あなた様が〝魔法〟の主になります」

ドレイドは『魔法』と言い換えてそう肯定した。

確かにアレックスは、クリスティナに対してはなんの拒絶症状も出ないようだった。

なのに手を触れ合わせてから、彼は落ち着きなく視線を泳がせている。

(これも〝呪い〟のせいなのね……)

出会った際の紳士然とした落ち着きを知っているだけに、ちくりと胸が痛む。

魔法の持ち主に対して、アレックスが少なからず反応している状況なのかもしれないとクリスティナは思った。

「あなた様が魔法をかけている状態かどうか、目で確認できるものを持ってきました」

ドレイドが見せてきたのは、ネックレスだった。シンプルな細いチェーン、そして透明な小さな天然鉱石のようなものが一つついている。

「妖精魔法に反応する妖精石と、魔力伝達が可能な特殊なチェーンです。魔法をかけている状態だとグリーンの輝きを帯び、解除されれば無色に戻ります」

先程から彼が『呪い』と言わないところに配慮を感じた。

「それは……分かりやすいですね」

「そのために開発されたものですから」

どうぞと言われたので、受け取り首にさげた。

すると、彼女の鎖骨の間に収まった途端、石の色が変わった。中心から緑のもやのような光が広がり、透明だった石を緑色で満たした。

見ていたリアムたちも小さな驚きを見せた。

「色が変わった……これが、私が呪いをかけている証なのですね」

逃れられない判決のようにクリスティナには思えた。

早速、ドレイドの指導のもと呪いの解除に挑むことになった。まずは妖精の魔法全般に効くとされている解除の呪文を試していった。

妖精石も、アレックスにも、とくに反応は起こらなかった。

普段こんなに声を出すこともなくて体力が削られる感覚があったが、クリスティナは一時間近く頑張った。

長い呪文から、短い呪文までドレイドの言葉を繰り返していく――。

だが、いくつ試してみても解除される気配はなかった。

「やはり、涙の条件を揃えて試していくしかないのか……」

立って観察していたリアムが、悩ましげに呟く。

ドレイドがひとまず終了を告げ、侍女がいったん入室を認められ、クリスティナは紅茶で喉を潤した。

「しかし殿下、妖精ローレライの涙の魔法は強力です。言葉を誤れば、別の呪いが付加される可能性もあります。どんな症状が出るか予測不能――まさに〝魔法〟ですよ」

「だが、このままにしてはおけないだろう。かかっている魔法も強力なら、解除にも強力な力がいるはずだ」

「まさにその通りです。ローレライの魔法力は涙に宿っています、ですが……」

ドレイドは慎重な姿勢だった。

話を聞いていたクリスティナも同意見だった。騎士に退出を促された侍女が、青い顔でスカートを握る彼女を気にしつつ出ていく。

(軽々しく試すのは、怖い)

ドレイドの言う通り、涙を流しながら解除の言葉のどれかを口にしたとしても、呪いが解ける保証だってない。

『一途』というたった一言で、今回の呪いが発動した。

なかなか涙が出ない体質なので急に言われても難しい。それができたとしても、解除の言葉が、余計にアレックスの症状を悪化させてしまったら……？

「ちょ、ちょっと殿下達っ」

クリスティナが真っ青になっているのに気付いて、騎士達が慌てて声を上げた時だった。

「彼女に涙を流させるのか？　無理やりなら、反対だ」

アレックスがマントを揺らして立ち上がった。右手を出し、リアム達から庇《かば》うようにクリスティナの前に立つ。

(呪いのせいでとても困っていらっしゃるはずなのに……)

こんなことをされて喜んでいい立場ではないのに、クリスティナは頼もしい背中に胸が甘く疼《うず》いた。

「しかしだな、お前が女性拒絶体質のままだと困るのだ」

「なんですかその名称は」

「私がつけた。報告でもそう記されているから、新たに発覚した妖精事情の正式な症状名でもある。妹も先日の顔合わせで縁談に乗り気になったんだ。来年には結婚のための出国式の予定も組まれるだろう」

「それはおめでとうございます。しかし、俺は殿下の妹君でなく、彼女の味方です」

アレックスが淡々と述べた。

少し顎を上げて見やる態度は威圧的で、王太子へ向けていいものとは思えない。クリスティナがはらはらと見守っている前で、リアムが怒気を作り笑いに変えて言う。

「あ・の・な、その時にはお前に護衛をさせるつもりでいるんだぞ。できれば婚約披露時には、万全の状態になっていてもらいたくてだな——」

それは、かなり急ぎのようだ。

どうやら王女の婚約が決まったらしい。そんな大ニュースを聞いてしまってよかったのだろうかと悩むが、そもそもの原因はクリスティナだ。

「あ、あのっ、殿下どうか発言をお許しください。お急ぎということでしたら、私ももっと頑張りますから」

「だめだ。君に負担をかけるくらいなら俺は一生このままでいる」

「団長おおおおお！」

騎士達が声を揃えて叫んだ。どうやら彼の部下達だったようで、一生童貞だなんてとか殿下が可哀想だとか説得する。

「魔法をかけられてここまで前向きな方も初めてですよ……」

ドレイドが顔をひくつかせていた。

「ただのバカなんだ、気にするな。ほんと困ったやつだ」

だが答えたリアムが、ふと妙案を思いついた顔をした。次第ににやにやしていくのを見て、騎士達が訝《いぶか》しむ。

「そうだ。一緒にいる時間が増えれば解除するチャンスも多く巡ってくるだろう？　いつ涙が出るか分からないのだからな」

確かにその通りだ。

「は、はい。私はあまり外には行かないようにしていたのですが、もちろん今回の件は深くお詫びし、できるかぎり協力してどこへでも足を運びますので――」

「いや、その必要はない」

「……はい？」

すると、リアムがすぐ「ああ勘違いしないでくれ」と笑った。

「君が覚悟をしてくれていることは分かっている。しかし君をしょっちゅう引っ張り出してしまってはご両親を心配させるだろう。それに、私の腹心の部下のアレックスが魔法にかかっているなんて公にするわけにはいかない。だから、君がアレックスの屋敷で過ごすのはどうだろうか？」

今度こそ、クリスティナはぽかんと口を開けた。

騎士達が「えっ」と声を上げ、危険人物でも見るみたいな顔で一斉にアレックスを振り返った。彼も目をまん丸くしている。

「うん、それがいい。結婚予定であると偽って。いや、しかしいつ解除できるか分からないからな――そうだ、ここは実際に婚約するのはどうかな？」

リアムがわざとらしい口調でそう告げた。

「こ、んやくですか!?」

クリスティナは呼吸が変になりそうだった。

「我が国には婚約者達に認められた婚前同棲《どうせい》という習慣がある。それならば呪いの解除も怪しまれずに進められるだろう？」

（あ、なるほど、一時的な……）

呪いを解くために一時的に婚約をしてはどうか、という提案だったらしい。

でもそんな理由で婚約を成立させてしまうなんて、申し訳なさすぎた。

相手は、今をときめく騎士団長様だ。名門伯爵家の次男で、子爵令嬢になんてもったいないお方だった。

「殿下、しかしながら、私はただの子爵令嬢ですので、一時的とはいえ婚約など騎士団長様に申し訳が――」

「トリント子爵家は、妖精の一族の系譜として古くから続く由緒正しき貴族だ。アレックスは伯爵家の次男。軍人として生きると宣言されて困っている彼の両親も、きちんとした家柄の妻を迎えられるとあっては二つ返事でオーケーすると思うぞ？」

雄弁に語るリアムを前に、彼女は青い顔で口をパクパクさせた。

相手がグレアム伯爵家の次男であり、名誉も勲章も得ているアレックス・グレアム騎士団長ならばトリント子爵家としては申し分ない良縁だ。

クリスティナの両親も喜んでオーケーするだろう。

（でも〝呪い〟でできた縁での婚約なんて、だめ）

一族のローレライの悲劇のことだってある。

それに彼は、クリスティナが尊敬している唯一の紳士だ。

今でさえ迷惑をかけてしまっているのに、これ以上の負担はさせられない。

「の、呪いのせいで私なんかと婚約だなんて、だめです」

相手は王太子だが、声を震わせてそう言った。

「騎士団長様にご迷惑をおかけしてしまいます。わ、私、外出だって頑張りますから――」

「俺は婚約しても構わない」

「えっ」

なぜかキリリと素早い返答があった。

見ると、アレックスはとても真面目な顔をしていた。

なぜか騎士達がおぞましいものに向けるような目をしているが、リアムがにっこりと笑って両手を打った。

「これで本人の了承も得た。急なことで戸惑う気持ちも分かるが、一番の目的は〝治療〟だ。分かるね？」

「は、はい、それはもう……」

「君には、一日も早くアレックスの呪いを解いてもらいたい。そのためには集中できる環境が必要だ。彼との時間を作ってもらうためにも、簡易婚約をして急ぎ治療の場を整えて欲しいんだ」

簡易婚約ならば、治療の目的が終われば取り消しが可能なのだろう。

十八歳で婚約解消。さすがに世間によくは思われないだろうが、自分が傷つくくらいなら平気だ。

けれど、本当にそれでいいのか迷う。

（呪いをかけてしまったことを家族にも伏せ、世間の目を欺《あざむ》くために婚約して婚前同棲と偽る……）

アレックスは魔法にかかっているから『いい』と即答しただけではないだろうか。

婚約解消が彼ののちの縁談に響かないだろうか。

「その……アレックス様は大丈夫なのでしょうか？」

「心配いらないよ。彼なら大丈夫」

上目遣いの視線からクリスティナの危惧《きぐ》を察したのか、リアムが笑って即答した。

「いまだ独り身だったので、本当に結婚するのもいい案だと思うがね。アレックスは実にいい男だし、私は自信を持っておすすめする」

続けられた言葉に、どきりとする。

魅力的な男性であることは分かっている。一度の婚約解消があったくらいでは、今後の結婚にも影響しないと彼も言いきった。

だからこそ、クリスティナは困ったように微笑む。

「私には、もったいない人でございますわ」

「そうか。まっ、ひとまず婚約ということになれば、君の両親だって安心するのではないかな」

十八歳になってもお見合いの一つもさせてあげられていない。クリスティナは、書斎で見た父の顔を思い出す。

(一時的には……安心させてあげられるわ)

デビュタントだった頃の自分がしてしまったことは、責任を持って解決したい。

あの日、クリスティナはアレックスに救われたのだ。

なのに、誰かと恋に落ちていたかもしれなかった彼の五年を無駄にさせた――家族へ嘘《うそ》を吐くのはつらいが、彼の呪いを解くのはクリスティナの使命だ。

「……よろしくお願いいたします」

心を決めて頭を下げると、息を呑《の》む音がした。

誰が上げたものかは分からなかった。頭を元の位置に戻した時には、アレックスは表情を引き締めていた。騎士達はなぜか引き留めたそうな顔をしていた。

「よし、早速私が仲人《なこうど》として両家の顔合わせの席を設けよう」

決断を変えられる前に、と言わんばかりにリアムが動き出した。

辻褄《つじつま》合わせや理由を考えたりと準備なども忙しくなった。

結果として両親が心配して屋敷で待つその日、クリスティナはまさかの婚約をゲットしてしまうことになったのだった。

二章

とんとんと話は進み、あっという間にアレックスとの婚約が成立した。

両親は、吉報であると縁談の申し込みを大変喜んだ。

アレックス・グレアム騎士団長が社交の場でクリスティナを見初《みそ》めて、王太子が仲介し婚約を希望してきた、という筋書きになっている。

それには兄のサリユスも鼻を高くしていた。

「さすが僕の妹だ。美しさで、あの王城一のお堅い騎士団長のハートを射止めてしまっていたとは」

彼の言葉に、屋敷の者達もなるほどといった表情だった。

リアムの思惑通り、その日のうちに二人の婚約が成立し、最短の日取りでアレックスの屋敷への引っ越しが進められた。

そして駆け足のような週末を経たのち、週明けにクリスティナは婚前同棲の開始を迎えることになった。

（お父様とお母様には思わぬ良縁と喜ばれたけれど……本当によかったのかしら）

馬車が、今日から自分が暮らすことになる彼の屋敷に到着してもなお、クリスティナは悩んでいた。

忙しく目まぐるしかったので、アレックスの婚約者に収まり、今日から婚前同棲を始めることにも現実味がない。

これは一時的に世間の目を欺くためのものなので、感覚的には間違っていないけれど。

(いえ、そうではなくて、呪いで婚約が成立してしまったのよ)

家族はそれを知らない。

何食わぬ顔で祝福を受ける罪悪感、今日から実家暮らしではない緊張と、そしていまだ信じられない気持ち……。

知らないうちに呪い、そしてそのせいで婚約してしまったのだ。いずれ解約されるとしても、だ。

(魔法で婚約を勝ち取ったと非難されても仕方がないわ――)

その時、馬車の扉がノックされてはたと顔を向けた。

迎えてくれた屋敷の使用人に下車を手伝われる。クリスティナは、王都の高級住宅街に構えられたアレックスの屋敷の素晴らしさに驚いた。

(とても……立派だわ)

令嬢達が憧れるのも分かった気がした。

彼の邸宅は、軍人の屋敷とは思えないほどに優雅だった。二階建てで、窓の装飾までもが美しい。門扉から玄関までは距離があり、左右には庭が広がっていた。

その庭も美しく、男主人一人だとは思えないほど庭師によってきちんと整えられている。

その時、慌ててアレックスが飛び出してきた。玄関先で一度つんのめって出迎えてくれる。

「よ、よく来てくれた！　いらっしゃい」

「えっ、そ、それはごめんなさい。私のせいで休む暇もなかったですよね」

「必要なものはこちらで買い揃えた。安心して暮らすといい」

直前までクリスティナの入居準備に追われたはずだ。あらかじめ送った荷物もそれなりにあった。

「いやいやっ、気にすることはない。さ、どうぞ」

初めての場に戸惑っていると、手を彼に優しく握られて建物の中へと導かれた。

（私服が、なんだか見慣れないわ……）

アレックスは、貴族の日中の平服も大変似合っていた。出会った時の軍服が印象強かったせいか、そわそわしてしまった。

彼が、すごくいい人であることは改めて分かった。

屋敷の説明をする彼の横顔には、嫌だと感じている様子は見られなかった。出会った時と同じで優しい――。

（王城で庇ってくださった姿も優しくて素敵だったわ）

アレックスは、無理にクリスティナを泣かせることに反対した。

呪いを解除することにもっとも効果がありそうなのが、妖精ローレライの子孫が引き継いだ〝涙による魔法解除〟だ。

そこで、共に暮らして涙を流すチャンスを見つけ、呪いを解く言葉を彼に聞かせるという方法をリアムは考えた。二人きりなら涙の影響が他に及ぶ心配もない。

「少々バタついていてすまないな。あまり家にいることがなかったものだから、新たに使用人を雇ったんだ。彼らをまとめているのが屋敷執事のスワンズになる」

アレックスが手で示すと、向こうにいたスワンズが頭を下げて丁寧な挨拶をしてくる。周りにいた複数の使用人達も同じようにしてきた。

クリスティナはぎこちなく控え目に応えた。

まさか同棲に合わせて使用人も増やしたなんて……と眩暈《めまい》がする。スワンズの近くにいる使用人の何人が新規の者なのか考えると怖い。

「あ、あの、急に同棲なんて、あなた様も困っていることでしょう」

一階のダイニングに続いて、リビングを案内されながらクリスティナは尋ねた。

これだけ素敵で立派に活躍している彼が、出会った当時も一人身だったのは、騎士団長として忙しいことも理由にあっただろう。

それが、相手が急にクリスティナに決まってしまった。

彼自身さぞ困っているに違いない。そう思って確認したのだが、アレックスはほんわかとした笑顔を返してきた。

「気にしないでいい。仕事の出仕時間と退勤時間は変わらないし、君に迷惑はかけない」

迷惑をかけているのはクリスティナの方だ。

一緒に住むことになって支度までさせてしまった。彼は日中留守をする間のクリスティナのために使用人まで雇ったのだ。

(呪いを解いたら速やかに婚約は白紙に戻すのに……)

まるで、本当に結婚でもするみたいに生活がきちんと整えられていることに、クリスティナは申し訳なさで落ち着かない。

「俺は女性ものは分からないから、細々としたものは母上や女性使用人に手伝ってもらって選んだ。それから、屋敷内も女性が落ち着くように模様替えした」

「えっ。わざわざ申し訳ございません、そんなことまでさせてしまって」

「婚前同棲とはいえ、家族が来た時にきちんとしている方が安心するだろう?」

クリスティナは、いよいよ負担をかけている気持ちでいっぱいになった。

「あ、あのっ、早めに呪いを解いて早く婚約解消できるように――」

「俺の意志は変わらない」

急に引き締まった顔を見せて、彼がきっぱり言った。

「騎士たるもの、告げた言葉は撤回しない。俺は、君と結婚する」

断固として貫く意志のようだ。

その凛々しい横顔に見とれたのも束の間、なんだかガタガタ足元が鳴っている気がした。

しかし案内のため再び歩き出されて、うやむやになる。

どういうことだろう。ただの治療のための婚約だと思っていたのに、彼は本気で結婚するつもりで入居の用意を整えてくれたようだ。

「俺は君を娶《めと》るつもりでいる。だから、その、君にはもう妻のように過ごしてもらって構わないと思っている」

もう一度そんなことを言われて、クリスティナは頬が熱くなってきた。反応に戸惑ってしまう。

(本気なのかしら？　五年ぶりに会ったばかりなのに)

あの日、城の庭園でクリスティナの気持ちを救ってくれた人。

その人とまさか五年後、呪いの縁で婚約してしまうとは思ってもいなかった。彼だって突然の話で驚いたことだろう。

それなのに、婚約にも動じていない姿を見ていると、あの日のことを彼もずっと覚えてくれていたのかなと夢見がちにも期待を抱きそうになる。

(もしくは殿下の命令だから婚約した、とか……？)

ありうる気がした。

彼がこれまで女性とつき合ったこともないと、彼の親族達は口を揃えていた。お堅い、という印象はそのままだったようだ。

（……とすると結婚も、命令だと受け取っているとか？）

「はるばる領地からの移動で疲れたことだろう。今日はゆっくりして、明日から考えよう」

「え？　あ、はい」

考え事から引き戻されたクリスティナは、流されるようにそう返事をした。

けれど答えてすぐ、早速今日にでも魔法の解除をしなきゃと構えていただけに、ちょっとだけ拍子抜けしてしまった。

（もしかしたら、無理はさせないつもりなのかも）

彼と話しながら、クリスティナのために、彼が今日は休みを取ったことも分かった。

（優しい、人）

今日はゆっくりしていいという言葉が徐々に身に沁《し》み、異性の屋敷に初めて滞在するという緊張感が抜けていく。

エスコートしてくれる彼の腕は、剣を握る男性のもので、令嬢達がうっとりと噂していた通り逞《たくま》しい。幼い少女だった頃に想像していた以上に男らしさを感じてどきどきした。

（令嬢達が憧れている腕……彼が優しくしたくとも、私以外の女性には触れられないのよね……）

婚前同棲なんて緊張するが、呪いをかけてしまった責任がある。

何より呪いを解くのが優先だ。令嬢達の抜け駆けをしてしまったような罪悪感を覚えたクリスティナは、ますます頑張ろうと気持ちを固めた。

◇◇◇

一階の生活スペースを一通り案内したのち、アレックスは執事スワンズにあとを任せた。書斎で確認しなければならないことがあるのでと断り、クリスティナと優雅に別れたのち——アレックスは全力で猛ダッシュした。

使用人達が目で追いかける中、二階の書斎に駆け込んだ。

扉を閉めるなり、そこに背をあてて興奮に震える身体を支えた。

「彼女が、俺の屋敷にいる……！」

深呼吸のため胸板に手をあてたが、心臓はどっどっと大きな音を立て続けていた。

本日、アレックスは彼女を迎えるにあたってかなり緊張した。

ここ数日、仕事なんて身が入らなかったし、屋敷の主人としてもポンコツ状態で、スワンズには大変世話になった。

昨夜は全然眠れなくて、クリスティナ用にと整えた二階の部屋を何度も確認した。

(しかも、俺の部屋の近くっ！)

彼は呻いて顔を片手で押さえる。

ここで雄叫びを上げてはいけない。クリスティナに聞こえたら大変だ。

婚約へと結びつけてくれたリアムには感謝しかない。アレックスは彼のはからいによって、王城で行われた素晴らしい両家の顔合わせを眺めていた時、これは夢ではないかと何度も思った。

「……俺が、彼女の婚約者……そして彼女は、俺の婚約者……」

震える手を持ち上げると、左手の薬指には銀の婚約指輪があった。

嬉しすぎる。

心臓がさらにどっどっとはねてきた。このまま雄叫びを上げてしまっていいだろうか。気持ちの熱が冷めない。

（いや、しかし落ち着け。とにかく、落ち着くんだ）

身体が熱くなると同時に、下半身がむくむくと起き上がるのを感じた。

「俺は紳士、俺は紳士だ……」

アレックスは一人呟いた。はたから見ると危ない人だが、彼は至極真剣だった。

他の女性に触れられない魔法なんて、これからも触れるつもりは一切ないので問題とは思えない。

アレックスは、クリスティナにさえ触れられるのなら、それでいいのだ。

（俺はこの手で彼女をエスコートした）

感触が蘇った次の瞬間、アレックスは膝からくずおれていた。

回想しなければいいのに俺はバカかと思うのだが、夢なのでは、と彼女に触れるたび思ったのだ。そして噛《か》み締めている。

（彼女がこの屋敷にいる――夢じゃない）

この感動を、誰かにめちゃくちゃ話したい。

とても柔らかい身体だった。クリスティナが屋敷を訪れた時は、我が家の庭がなんとも似合う女性だと感動したものだ。

月光に照らされたような湖の色がかった銀色の髪、ブルートパーズも敵わない煌《きら》びやかな光を灯した水色の瞳。窓から彼女の来訪に気付いた際、使用人達さえ動くのを忘れて見とれていた。

そして、自分の家の中に彼女がいる光景は、さらにアレックスの心臓を激しく揺さぶった。

『婚約者だったら触ってもいいいんだよな？　結婚したら、もっと？』

そんな思いが脳裏をかすめたのがいけなかった。

そう考えた途端、我慢の限界がきた。息子がびくんっと反応してやばかったので、急遽スワンズにバトンタッチしたのだ。

「あれは危なかった……興奮したところを見せて、彼女の目を汚してしまってはいけない」

彼女への想いが溢れすぎて、あやうく野獣と化してしまいそうだった。

欲情を覚えて五年、アレックスはずっとそれを抑え続けてきた。

いけないと思うのに、汚してはいけない存在だと思うのに、けれどいつも妄想してしまうのは彼女のことだった。

『なぁアレックス、お前……同棲なんてして本当に大丈夫か？』

『彼女のためならば問題ありません』

上官達に尋ねられた際に、彼はそう即答した。

しかし、ここにきて本当に大丈夫がどうか、ちょっとだけ自信がなくなってきた。

婚約だけでなく、婚前同棲など嬉しすぎた。

そのせいで今もぐんぐん持ち上がっているズボンへ、アレックスはとにかく静まれと念じる。

まず、パートナーとしてエスコートできる立場に猛烈に感激した。

先程も、あのクリスティナを導いているなんて夢みたいだと、感動したものだ。

(王女のエスコートなど、彼女に比べれば天と地ほど差がある！)

問題は、クリスティナが大変美しい大人の女性へと成長したことだ。

少女時代も愛らしかったが、十八歳とは思えないあの艶っぽさはどうだろう。

腕も腰も細いままなのに、胸と尻は女性らしい肉づきに育った。きょろきょろしている時の横顔でさえ、幻想的な美が漂っているように感じる。

あのしっとりとした水を感じさせる銀色の髪に、指を絡めてじっくり触れてみたい。

すっかり大人の女性になったクリスティナの、初々しいながら淑女然としている顔が感情を露わにしているところを見たくてたまらなくなる。

たとえば女性として恥じらっている表情。それから、湿った吐息をもらして泣いている
ところ――。

「んっ」

直後、アレックスは異変を察知して身体を揺らした。

見てみると、息子がズボンを最高値まで押し上げていた。

「……これ、もってくれるかな」

アレックスは、顔を押さえて溜息をこぼした。

リアムのおかげで嬉しいこと続きだったが、まさかの好きすぎる相手との同棲に、この
五年守り続けてきた堅物の彼の一部も爆発寸前だった。

◇◇◇

入居翌日、引っ越しなどの慌ただしさが終わってクリスティナに日常が戻った。
身構えていた婚前同棲は、驚くほど穏やかに始まった。
アレックスは朝から完璧だった。
朝の挨拶も欠かさず、食卓につくと出仕前の忙しい素振りも見せずに食事のペースをク
リスティナに合わせて話もした。

（いい夫になりそう……）

身だしなみもきちっとし、すでに騎士服も完璧に整えられていた。

欠点など何一つ見つからなかった。清潔感が漂っていたので、誰かと暮らし慣れているのではと思ったほどだ。

しかしクリスティナのそんな印象を、彼は早々に吹き飛ばしてしまった。

「こうして誰かと一緒に朝食をとるのは、実家住まい以来で嬉しいよ」

緊張をほぐそうとしてくれているのか、彼は自身のことを話した。

アレックスは騎士学校時代に寮暮らしを始めたのち、遠方への入隊が決まり隊舎住まいになったという。

騎士団に抜擢されて王都に戻るまでは、家族とも疎遠だったらしい。軍人同士で飲むこともあまりせず、夕食もほとんど屋敷でとるのだとか。

そこもまたなんと良夫っぽい……という感想をクリスティナは抱いた。

知らない者同士、話をするのにせいいっぱいで、気付けば食事の時間も終わってしまっていた。

彼がそのまま仕事に出かけそうになり、クリスティナは慌てた。

「あのっ、あなた様の治療が最優先です。お仕事の邪魔はしないように合わせますから、他の時間を私にくださいませんかっ？」

時間を合わせないと、何も試せないだろう。

見送りに出ようとしていた執事のスワンズが、なぜか「台詞を少々お間違えです」と呟いた。

だが、それは動き出した主人にかき消される。

アレックスがカッと目を見開き、クリスティナのもとに駆け戻ってきた。

「もちろんだ！　俺の時間はすべて君にやろう！　君のことは、俺が全力でサポートするからっ」

両手を強く包み込まれて約束された。

それはクリスティナの台詞のような気がした。だが彼は、マントをひるがえしてあっという間に出かけて行ってしまった。

（呪いを解くためのお話もできなかったわ……）

それが同棲の本来の目的なのだが、彼は昨日来たばかりのクリスティナの負担を考えてくれたのかもしれない。

「……優しい人だわ」

迷惑な〝呪い〟がきっかけだというのに、彼は婚約を当たり前のように受け入れてくれている。

先程まで見ていた彼の笑顔を思い出して胸がツキリとした。

「ねぇスワンズ、今日にでもドレイド様をお呼びできるかしら？」

「はい。優先してお時間をいただけるとうかがっております。すぐに手配いたします」

ドレイドは先日、リアムから指示を受けてクリスティナの担当になった専門家だ。

「さて、どうしたものかしら」

続いてクリスティナが向き合ったのは、アレックスの婚約者宛てにと届けられた手紙だった。

婚前同棲のお祝いに、早速多くの貴族達から挨拶を兼ねて手紙が来ていた。

「茶会の招待も辞退していた方がいいわよね……」

誘いを断るのは申し訳なく思うが、婚約を白紙に戻した時にアレックスが困ることはしない方が賢明だ。

(彼は結婚すると言っていたけれど、さすがにそんなわけにはいかないわ。それに、魔法を解除したら考えも変わるかもしれない)

ドレイドは精神面での効果は残っていないだろうと言っていたが、実際のところ、どれくらいまで〝古の魔法〟が影響を及ぼしているのかは判断がつかない。

なにしろ強力な「ローレライの呪い」なのだから。

ドレイドも、心が操られているかどうかを確認する方法はないと口にしていた。だから、精神操作が本当に全くないと判断するのは早急だ。

――魔法にかかった状態で信じてはいけない。

それはトリント子爵家が、妖精の性質を持った者へ念入りに教えてきたことだ。その恋が偽物だったと絶望して身を破滅させることがないように、と。

『呪いがかかった状態である場合には、全てを疑え』

クリスティナは、悲劇を繰り返さないための一族の教訓を思い返す。

未婚であるうちはよくよく気をつけて、とは亡くなった祖母からも言われていた。

勘違いは危険だと、だから何度でも自分に言い聞かせなければ。

(呪いを解くことだけをまずは考えましょう)

それが最優先だ。リアムも、できるだけ早い解決を望んでいる。

ひとまずスワンズに相談しながら手紙の返信を書いた。ドレイドの来訪は、そのすぐあとのことだった。

「早くて驚きましたわ、その……お忙しいところごめんなさい」

もしかしたら、王太子が直接関わっていることなので急がせてしまったのか。玄関先まで出迎えたクリスティナは、そう想像して詫びた。

「いえ、私も本日は足を運ぼうと思っておりましたので」

ドレイドは淡々と告げた。

応接間に移動し、二人分の紅茶の用意が始まる中でドレイドは早速説明に入った。

「強い古の魔法は本人だけが解けます。もしくは魔法がかかる条件がなくなると消えます」

「えっと、つまり……婚姻して未婚でなくなればいいと？」

「はい。魅了系の魔法は互いに未婚であることが条件ですから」

（結婚すれば、なくなる〝呪い〟……）

両親は、今回の婚前同棲も喜んでいた。

そうすることで結婚の承認が下りるのが格段に早くなるからだろう。

リアムが結婚を提案したのも、もし解決できなかったとしても結婚すれば呪いがなくなると考えたからかもしれない。

（結婚してしまうなんて、だめだわ）

きっと堅実なアレックスの履歴に離婚歴をつけてしまうことになるだろう。

それに婚約の解消より、離縁の方が大変だ。結婚して魔法が消えるのを待つより、できれば婚約のうちに解消しないと――。

そう思い詰めた顔で悩んでいるクリスティナを、ドレイドがじっと見ていた。

「涙を流す方法は考えられましたか？」

「え？　いえ、実はまだ……話をする前に、アレックス様が出かけられてしまって」

顔を上げたクリスティナに、彼は頷く。

「そうでしたか。まだ試されていなくてよかったです。痛みを与えて出る涙だと効力がありません。あくまでも〝心〟が動かされて流れた涙に限ります」

リアム達へも同じことを書きまとめた報告書を送ってあるので、出仕したアレックスにも共有されるだろうとドレイドは言った。

「……じゃあ、頬をつねって無理やり涙を流す方法ではだめ？」

「だめですね。それに妖精ローレライの涙が、そう易々と出るとも思えませんが」

まさにその通りだった。

「面倒な体質で、ごめんなさい……」

「それは身の安全を考えられてうまく作られた体質だ、と考える学者もいますよ。あなた様の一族を含む、妖精の末裔達が引き継ぐ〝古の魔法〟は『あくまで人間に利用されることのない妖精王と妖精女王の贈りものだ』という説もあります」

こんなものが、贈りものだなんて。

クリスティナは、浮かんだその嫌な言葉を呑み込むべく俯《うつむ》いた。

妖精王と妖精女王が、すべての妖精を子として愛しているという話は有名だった。

（……愛していたのなら尚更、こんなにひどい魔法をどうして与えたの？）

愛した人に裏切られて、大勢の人間を呪ったという妖精ローレライ。

恋をする者達が羨ましい、恋人達を引き裂いてやる――そんな彼女の恨みが、クリスティナの血に残されているのだ。

これはすべての始まりとなったローレライから受け継いだ〝呪い〟だ。

人の心を操るなんて、決して祝福ではない。

「まぁ、陸に上がった妖精ローレライは、最後は涙が涸れ果てたという話もありますね」

ドレイドが溜息混じりに言って、話を変えた。

「出にくい涙をどうやって流すかというのも、あなた様には悩ましいところではありますでしょう」

「そうですね、幼い頃よりももっと出にくくなってしまっていて」

「気をつけていたことで、そうなってしまったのでしょう」

図星で黙り込む。方法については、昨夜もベッドの中でずっと悩んでいたことだった。

主の婚約者を他の異性と二人きりにするのはよくない。出入り口側には、スワンズが立って見守ってくれていた。

「本日は王太子殿下のご依頼にあった、呪いを解除する言葉をピックアップしたものを持ってきました」

見せられたのは紙の束だった。どれも〝私を見て〟とは、反対の意味を持つ言葉や文章が並べられている。

「あの……私が想像していたよりもとても多いですわ……」

「これらは実際、魅了系の魔法の解除に効いたものです。ローレライの一族については治療の前例がないものですから、この言葉でこういう反応が出る、と示すことができないのは心苦しいのですが」

ドレイドは詳しくは続けなかった。改めて一族のことを調べた際、自殺に終わったという記録も見たのかもしれない。

言葉を間違えれば、心を奪う。魅了により相手を一層縛りつける――。

(私が、あの人をもっと苦しめてしまう?)

アレックスが思い浮かんで胸が痛くなる。

慰めて、優しく涙をぬぐって、クリスティナの話を聞いてくれた人だ。魔法でこれ以上苦しめたくない。

「解決しない〝魔法〟なんてありません」

聞こえたドレイドの声に、ハッと顔を上げる。

「そう思い詰めないでください」

「あ、ごめんなさい。私、顔に……」

「一族が慎重になった理由も理解しているつもりです。我々も多くの文献を慎重に考察して、今回の解除の言葉もできるだけ間違いがないものを選びました」

彼は紙束の上に並ぶ字面を示す。

「あなたがピンときた言葉が、解除に繋がる可能性が高いです。一緒に一文ずつ確認していただけますか？　できるだけ候補を絞ってしまいましょう」

何枚も続く紙には単語が溢れていて、いったいどれが正解に近い解除の言葉であるのか見ているだけで頭がこんがらがりそうだった。

選ぶことにも頭を悩ませそうだと思っていたクリスティナは、早速彼と共に紙束へと向き合うことにした。

◇◇◇

その頃、当の婚約の発案者であるリアムが、公務を終えて戻った執務室で頭を抱えていた。

「どうしたものか……不安、しかない」

それは、頭がお花畑のごとく使いものにならないアレックスのせいだ。

彼が浮かれているのは、よく知っている者には一目瞭然だった。憎たらしいことに、登城してきた彼の表情はあくまでキリリとしている。

呻きに近い声を上げたリアムを、事務官と護衛の近衛騎士達が見る。

「例の発案者は私だが、……か弱い令嬢を狼《おおかみ》に捧《ささ》げたことになっていないか？」

「今気付いたんですか？　もがっ」

即答した若い事務官の口を、先輩の同僚が素早く押さえた。

そのまま若い事務官が引きずられていくのをリアムは目で追った。しかしツッコむ気にもなれず組んだ手に深刻そうに口をあてる。

「会って分かったが――彼女、あのサリユスの妹とは思えないほどにいい子じゃないか」

リアムは愕然《がくぜん》とした表情で言った。

そこには騎士達も同意を示すようにうんうんと頷く。

クリスティナの兄、サリユスは社交界で有名だった。自信家で、美貌を武器に華やかな日々を送っている。

異性を魅了するというローレライの血がそうさせているのか、美しい彼に囁かれるだけで女性達は既婚者であろうと、全員が見事に頬を染めた。

社交界きっての、自信家の女たらしだ。

だから、誰もがサリユスのローレライ一族の悲劇云々《うんぬん》など頭から飛ぶ。

先日も女性達に囲まれていたのを見たばかりだったので、リアムもクリスティナが来た時、一族の引きこもりの事情を忘れていた。

「それで、アレックスの様子はどうだった？　この一時間半でまた問題を起こしていないだろうな？」

近衛騎士は、待ってましたと言わんばかりにリアムに報告書を掲げる。

「第三部隊からクレームがきています。まず『変態度合いがやばい』と」

「……今度はいったい何をした？」

確認したのは自分だが、リアムはげんなりとする。

「目の前で勃《た》つのを見せるわけにはいかない、などとぶつぶつ言っていたのを、若い騎士達に聞かせたと。その件で第三部隊の副団長から『純情な新米達に悪影響を与えるのはお控え願いたいのだが』と、怒気をこらえきった顔で文句を言われました」

「そうか、怒気を……」

彼を怒らせるのはまずい。ねちねち言うインテリ騎士なのだ。

「他にも、訓練なのに加減をミスって吹き飛ばされた、だの、大臣からも『推しの素晴らしさを説かれたのだが婚約者なんだろう!?』と困惑と迷惑の訴え、それから――」

「ああもういいっ、ざっと自分で目を通すっ」

リアムは寄越せと言って報告書を受け取る。報告していた護衛隊長以外、室内の全員が同情を隠せないでいた。

「……お前達に一つ問いたい」

報告書の冒頭数行に目を通して、リアムが生唾を呑んで顔を上げる。

「あいつ、妄想を爆発させて淑女に襲いかかったりはしないだろうな？　私は、信頼して婚約の後押しをしたんだぞ？」

報告書にいったい何が書かれていたのか部下達は大変気になったが、みんなとにかく自信がなさそうに首を軽く横に振った。

そこでリアムは、『自制をしっかり』と書いたメモをアレックスに届けさせた。

◇◇◇

解除で試してみる言葉をようやく絞り終えた時には、一時間をとうに過ぎていた。

専門家として忙しい身だろう。親身になって考えてくれたドレイドに礼を伝え、クリスティナは彼を見送った。

「それにしても……やっぱり多いわよね」

淹《い》れてもらった紅茶で、リビングでひと休憩を取る。

厳選したつもりだが、ドレイドが用意してくれた言葉が多すぎた。目の前にある紙には、これがいいのかあれがいいのかと悩んだ結果、まだまだいっぱい言葉がずらりと並んでいた。

（効くか効かないかは分からないから、上から順に試してみてもいいのかも……）

他の魅了系の呪いで、解けることが確認されている単語や言葉だ。

悪化することはないだろうとドレイドからお墨付きをもらったし、安心して使えるものだった。

とすると、次に問題となるのは涙を流す方法だ。

涙なんて滅多に出ない。これまで気をつけていて、今や一層泣きづらくなっているとクリスティナは感じていた。

『安心して欲しい、俺は君の味方だ』

一番の悩みどころは、あの彼を前にして涙なんて出せるのかどうか。

十三歳で出会った時、アレックスは涙を止めて安心させてくれた人だった。その印象が強いせいで、彼相手に涙腺《るいせん》が緩くなる気がしない。

（初めて尊敬できると思えた、家族以外の男性だったわ）

当時のことは今でも鮮明に思い出せた。

頼れる大人だと思ったのだ。だからクリスティナは、悩んでいたことを打ち明けた。

「うーん……頬をつねる涙もだめで。たぶん、辛いものを食べての涙もだめよね」

一人、頬をふにふにと押して考える。

控えていたスワンズが、十八歳のあどけない様子を見て「んんっ」と不自然に顔をそらす。彼女を気にして見にきたメイド達も、愛らしいわなどと囁きを交わしていた。

「あっ、本はどうかしら？」

これまで避けていた感動系の本はどうだろう。

クリスティナはピンときた。確か兄が持っていたはず——と思い返したところで、ここが実家ではなかったことを思い出した。

（今日すぐは試せそうにないわね……）

本を使うとしたら、それを改めて用意する必要があるだろう。

そもそも感動する本も、そのページにいくまでの共感があってうるっとくるので、読み進めるまでアレックスに待ってもらう必要も出てくる。

（それでもいいと彼が了承してくれるかどうか——）

想像してすぐ、笑顔で協力を申し出る彼の姿が思い浮かんだ。でも『いいよ』と包容感溢れる優しい顔で言われたら、今度はかえってクリスティナの方が緊張してしまうかもしれない。

彼に見つめられている状況で、本を読み進める。

それを想像してみると、本の内容に集中できなくて、感動のシーンに辿《たど》り着いても涙なんて出ない気もしてきた。

（――あの目に見つめられると、胸が、少し変になるの）

クリスティナは、想像だけで不思議な心音を刻んだ胸に手をあてた。

出会った時がそうだった。

いつの間にか涙は止まっていて、優しく笑う彼の誠実な眼差しにときめきを覚えていた。

他に涙を流す方法はないかと考えている間にも、時間は過ぎていった。

そして夕食の美味しそうな香りがただよってきて間もなく、アレックスが帰宅した。

「不便はなかったか？」

「はい、問題なく過ごしました」

「そうか、よかった」

マントをスワンズに預けるアレックスに微笑みかけられる。

（あっ、そうだわ。彼に聞いてみましょう）

魔法を解除するのは二人の作業になる。彼の意見も聞いて、二人で決めていく方がスムーズだと思えた。

大変な仕事から戻った彼にすぐには相談せず、まずは身体を休めてもらった。

夕食をしっかり食べてもらい、ゆったりとした食事時間が終わるとダイニングに二人分のティーカップが出される。それを待ちながらうかがった。

「アレックス様、少し相談のお時間をいただいてもよろしいですか？」

「ん？　何かあるのか？」

使用人が下がったのを見届け、クリスティナは切り出す。

「ごめんなさい、実はお話ししたいことが」

その時、アレックスが持ったばかりのティーカップを慌てて両手で戻した。

「どうした？　何か、俺に問題でも——」

「驚かせてしまったみたいで申し訳ございませんっ。いえ、あなた様に問題なんてありませんわ。真剣に考えていたのですけれど、涙を流す案がまだまとまっていなくて」

呪いを解く言葉の候補は、専門家と絞ってみたと報告した。

でもそれだけしか進められなかったことをクリスティナが謝ると、アレックスが小さく胸を撫で下ろした。

「そういうことか。いや、無理をしなくてもいいんだ。涙が出にくいとは聞いている。ゆっくり考えていけばいい」

そんなことでは、だめだ。

クリスティナは呪いで、彼の人生をだめにしてしまいたくないのだ。

「いーえっ、ゆっくりなんてしていられませんっ」

安心して紅茶を飲むアレックスに、思わず彼女なりに声を強めて主張した。

彼が赤い目を丸くして見てくる。

「私は感動する本を読んで泣くことを考えてみたのですけれど、物語の始めから読む必要がありそうで、それですとお時間を取らせてしまいますし」

ひとまず日中に考えていたことを共有した。

実家にある比較的短めの本のタイトル達の候補と、黙々と読むと暇だろうから読み聞かせようとも考えたが体力がないので難しそうだということ——。

「まずその案が可愛い……」

アレックスが何やら呟いていたのだが、その言葉も話すクリスティナの耳には届いていなかった。

「なかなか他に案も浮かばなくて困っていたんです。ですので、アレックス様にご意見を聞きつつご相談したく思って」

「俺に？」

「はい。私を泣かせてくださいませんか？」

次の瞬間、アレックスがテーブルにゴッと額を打ちつけた。

クリスティナはびっくりした。物音を聞いて、扉からメイド達が顔を覗かせた。スワンズが察した顔で下がらせて閉め直す。

「な、泣かせてとは、いったい……」

「え？　あ、泣かせる案はないかと尋ねたくて」

「そ、そうか」

勢いで話してしまったと自覚して恥ずかしくなった。相手の話も聞きながら進めていくのが、大人の女性の対応だっただろう。

（あら？）

ふと、アレックスの様子がおかしいことに気付いた。

彼はいまだ顔を上げてくれず、何やらとても苦しそうな感じだ。

「大丈夫ですか？　あの、どこか具合でも悪く……？」

心配になって、ブルーがかった銀髪を肩に落としつつ尋ねた。するとアレックスが、とうとうテーブルクロスをぎりぎりと握った。

呻き声が聞こえる。

クリスティナは慌てて駆け寄り、その大きな背を撫でた。

「あ、あのっ、どこか痛むのですか？　人を呼びましょうかっ？」

「ぐぅ、撫でるのは逆効果……」

「はい？」

「いやっ、人を呼ぶには値しないから大丈夫だっ」

アレックスが、何も問題は起こっていないと力説してくる。ようやく顔を上げてくれたが、片手はテーブルクロスを握りしめたままで、作り笑いは必死で、とても苦しそうだ。

（何が起こっているのかしら？）

彼が持病持ちだという話は聞いていていない。

すると、クリスティナの思い詰めた顔を見て、アレックスが慌てて言った。

「ほんとっ、君のせいではないんだ」

なぜかピンポイントでそう言われて、訝しむ。

（もしかして……呪いの症状？）

女性に触れられなくなっている以外に何か起こっているのだろうか。魔法の持ち主に近づいたせいで……？

優しいアレックスのことなので、余計な心配をさせるとか困らせるなどと思ったら、我慢してクリスティナに言わない気がした。

彼女は、健気な彼を前にして胸がいっぱいになった。

「私、もうそんなに心配されるほど子供ではありませんっ。力になりたいんです、何が起こっているのか話してください」

「いや、君を子供だと思ったことは一度もなく……」

「ならどうして隠すのですか？　こんなにも苦しそうなのに」

顔を覗き込んだら、呆《ほう》けたようにアレックスが見てくる。

「……君は、そういう顔もするんだな」

「心配くらいしますっ」

クリスティナは、真剣に取り合ってくれていないのだと感じて、とうとう叱りつけるみたいな声を上げてしまった。

実家でもこんな大きな声を出したことがなくて、はたと言葉を切った時だった。

身体をこちらに向けた彼の様子を見た際、ふと、ズボンがおかしなことになっていると気付いた。

首を傾げてすぐ、アレックスが察して急ぎ隠した。

「アレックス様、今のは……？」

彼が赤面した顔をそむけた。

「大丈夫、その……君にしか、そうならないものであって」

言いながら鼻から下を手で覆う。

（この人が、こんなに恥ずかしそうな顔をするなんて……）

いったいなんだろうと、よくよく考えたところでようやく思い至った。

彼は、興奮しているのだ。

知識としてはあったが、まさか男性のズボンをこんなにも押し上げるものなのだとは想像もしていなかったわけで――。

「き、気がつかなくてごめんなさいっ」

察したクリスティナは、恥じらいに頬を染めて動けなくなった。

さすがのアレックスも恥ずかしいのだろう。顔の下を手で隠した彼は、耳の先まで真っ赤になっていた。

（わ、私のバカっ。それなのに私ったら、何が起こっているのかとあんなに彼に尋ねてしまったなんて）

けれど、男性のそれが前触れもなく興奮するなんて、あるのだろうか。

初夜について手順を教えられていたクリスティナは、ふと疑問に思う。

嫁いだら、男性が営みができるように準備してあげるものではないのか。彼のこの状況は異常事態ではないかと勘繰る。

(彼は私にしか、と……つまり私のせいでそうなっている？)

これも〝呪い〟の肉体面への作用だったりするのだろうか。魔法の持ち主のクリスティナがそばにいることで前よりも作用が強く出てしまっているのかもしれない。

(え？　じゃあ、媚薬《びやく》のように働くこともあるということ!?)

推測してクリスティナは真っ赤になる。

魔法を解除するために環境を整えたのに、そばにいることで自分の存在がそんなふうに作用するなんて想定外だ。彼も驚愕したことだろう。

「ほ、本当にごめんなさい！　これもまた私のせいですよね！　ど、どうしたらっ」

女性なので、この状態の男性がどれほど苦しいのか分からない。嫁入り教育では子作りができる合図だとしか教えられていなかった。

彼も、こんな姿を使用人達に見られたくないだろう。

だから人を呼ばなくていいと言ったのだ。

「君のせい……？」

するとアレックスが「ん？」という感じで見てきた。

「私がいるから、こうなってしまったのでしょう？」

「えっ、そ、それはどういう——」

「私が呪いをかけた本人だからそこが反応してしまっているんですよね!?　勝手にそんなふうになって、大変困っていることかと思います！」

羞恥を覚悟でそう謝罪した。

「責任は取りますっ、どうすればアレックス様の苦しさが解消されますか!?　あ、あの、私こういう時の対処法など分からなくて、呪いをかけてしまって本当にごめんなさいっ」

人も呼べないので、ここはクリスティナが頑張るしかない。自分のせいなのは分かるので、どうにかしてあげなければならないという気持ちがあった。

とにかく彼が心配だった。一刻も早く苦しさから解放してあげたい。すると——ぶちり、と音がした。

何かしらとクリスティナが思った時、アレックスの喉仏が上下した。

「実を言うとだな、俺も、恥ずかしいわけで……」

「で、ですよねっ、見てしまってごめんなさい！」

「いや、だから、君のも見ればおあいこだと思うんだ」

「……はい？」

クリスティナは、何を言われているのか分からなかった。

考えようとしている間にもアレックスが立ち上がり、手を取られていた。

「君の誠意はしかと受け取った。……それなら、一緒に苦しさを解消してくれないか？」

「え？」

一緒に、という言葉に疑問を覚えた直後、クリスティナは彼に抱き上げられた。

逞しい異性の腕に抱えられたのは初めてで、いとも簡単にそうされたことにも驚いて身体が固まった。

彼が歩き出し、ダイニングの向こうにある寛ぐための生活空間へと移動する。

「あ、あのっ」

戸惑っている間にもソファに横たえられ、アレックスが乗り上がってきた。

「ああ、君が俺の屋敷のソファで横になっているなんて」

横にしたのは彼なのに、変なことを言う。

クリスティナはそんなことが思い浮かんだものの、見下ろされていることを意識した途端に、彼の下にいることを実感して恥じらいが込み上げた。

スカートが乱れてしまっているのが見えて、ハッとして両手で下ろす。

「いったいどうし――」

「隠さなくていい。今から脚も見えてしまうから」

「えっ？」

彼が押さえつけるようにのしかかってきた。右の手首も摑まれてソファに固定され、身動きが取れなくなってしまう。

「初めてで戸惑いはあると思うが、俺を信じて」

何を、と思った時、見えない場所で彼のもう一方の手が衣装を探った。

「ア、アレックス様？　何を……ひゃっ」

彼の手を脚に直に感じた。まさかと思っていたらスカートがめくり上げられ、大きな掌が膝のくびれをなぞり、太腿《ふともも》まで撫でていく。

彼の手が、脚に触れながらスカートをたくし上げているのだ。

「ほら。こうして俺が重なっていたら、見えないから緊張も少ないだろう？」

見えないせいでかえって感触が生々しく伝わってくる気がするが、不思議と彼の言葉には納得させる力があるようにも思えた。

彼の手が、とうとう太腿の内側へと滑り込む。

アレックスに触れられると下腹部の奥が期待に疼く感じがあった。

戸惑いつつも、その未知の感覚を知りたい気もして、『信じて』と言った彼の言葉を信じて待ってしまった。

すると、力が少し抜けた脚にそれを感じ取ったのか、彼が開かせるようにすりすりっと内側を撫でてきた。

（あっ、そんなところ、触られたことないのに……）

クリスティナの身体が、彼の手の動きに小さく反応する。

身体がはねたのは、彼の胸板からも伝わっただろう。そう思うと恥ずかしくなって視線を逃がしたら、思いもしない言葉が返ってきた。

「ぴくっとしたな、可愛い」

「……かわ、いい？　変ではないのですか？」

思わず尋ねたら、アレックスが「ぐぅ」と唸《うな》った。

「変ではない……その、はねてしまうものなんだ……――こうすると、もっと」

不意に彼の手が、脚の間にある敏感な場所に触れる。

「あっ」

そこがなんなのかは、クリスティナも知っている。

「だ、だめです」

咄嗟《とっさ》に身を起こそうとしたが、アレックスが肩口に顔を埋め、暴れるクリスティナをあっさり押さえ込む。

「俺のと同じで、ここを刺激してあげると君も気持ちよくなれる」

言いながら彼の手がそこで動く。柔らかな花園を、指で優しくこすられ始めた途端、彼女の身体に異変が起こった。

（あっ……何？）

中がひくつくような、奥が僅《わず》かに切ないような感じがする。

「あぁ……触っては、だめ……っ」

ぞくぞくっとした感覚が走り抜けて、思わず彼のジャケットを握った。

アレックスはそんなクリスティナの反応を見ながら、強弱をつけてそこを撫でたり引っかいたり攻め立ててくる。

クリスティナは、初めての快感に戸惑った。

けれど身体の方は素直で、彼女が無意識に身をよじると、快感が一層奥へとじんわり広がって腰が勝手に揺れた。

「敏感なんだな、もう濡れてきた」

彼の指が立てられ、確かめるみたいにくちゅくちゅと下着越しにいじってくる。

その言葉に自分の状態を察して、クリスティナはかぁっと赤くなった。

「こ、これは、そのっ」

「男女の行為をする時に出る蜜だ。これは受け入れるために奥から出てくる必要な蜜だとは教えられたか？」

「は、はい、そう聞きました……」

「気持ちよくなると出てくる。恥ずかしいものではないのだから、気にしなくていい」

彼のしっとりとした心地よい声を聞いていると、気にしなくていいのかしらと思えてくる。

（……あら？　でも、アレックス様は経験がないはずじゃ？）

そう思った時、はたと我に返る。

「あのっ、わ、私ではなくて、アレックス様の苦しさを解消するのであって」

「君にさせるのは申し訳ないし、その……こうすると俺のも解消されていくんだ」

「……そう、なのですか？」

原理がよく分からないので、彼がそう言うのなら正しいのかもしれないとクリスティナは思えてくる。

不思議に説得力があるのは、彼女が幼い頃は彼がとうに大人だったせいだろう。

その様子を見ていたアレックスが、不意に唾を飲み込む。

「……クリスティナ、君のを見たい。むしろ犬のように舐《な》めたい」

「え？」

妙な言葉が聞こえたように思えた。

その次の瞬間、スカートを思いきりたくし上げられた。あろうことかアレックスは、そのまま大きく開脚させる。

「きゃあっ!?」

羞恥で考える余裕は吹き飛ぶ。止める暇もなく、彼は下穿《したば》きまであっという間に脱がしてしまった。

（な、なんでそんなに慣れているのっ？）

隠すものがなくなったそこを咄嗟に隠そうとしたが、それよりも彼が太腿を摑み、覗き込む方が早かった。

先程触られたせいか、開かれたそこがじんじんと脈打つ感じがした。

空気に触れると濡れている冷たさが伝わってくる。

（あっ……全部、見られて）

脚の付け根を彼が食い入るように見つめていた。

「や、アレックス様……」

思わずか細い声を上げて見ないでと訴えようとしたら、彼が動くことを思い出したみたいに——そこへ吸いついた。

「ひぁあっ、……あぁ、や……アレックス様っ」

熱い舌で直に舐められると、先程よりはっきりとした快感が背を走り抜けていった。

彼に左右に開かれると、一層怖いくらいに奥が切なく疼いた。

彼が愛撫する口の動きに合わせて、クリスティナの細い腰はびくんっびくんっと揺れた。

「とても綺麗《きれい》だよ。ピンクで、蜜は美味しい」

「そ、そんなこと、あるわけ、あっ、ン」

「ああ、妄想が現実に……」

彼が何か言っているが、されている行為のせいで聞き取れない。

そんなところで喋《しゃべ》られてはたまらなかった。吐息と声が、中まで響くみたいになって下腹部がきゅんきゅんするのだ。

「クリスティナ、もっと見せてくれ。もっと舐めさせて」

「あっ、あ、そんなところ、舐めてはだめ、ですっ」

彼の頭を押さえるものの効果はなかった。その拍子に頭を起こしたクリスティナは、今の自分の様子が見えてしまって息を呑む。

（あ……私、なんて恰好《かっこう》を……）

まるで、自ら彼の頭を引き寄せて舐めさせているような構図に思えた。

大きく開いた脚、柔らかな白い太腿を摑む男の大きな手。そこに顔を寄せて吸いついたり舐めたりしているアレックスの姿は、ひどく官能的だった。

「ア、アレックス、さまっ、もうだめですっ」

見ている光景にぞくぞくっとした際、奥が切ないくらいに疼いて、彼の頭をぐいぐいと押した。

「怖がらなくていい。ああ、もしかして中まで感じてきたかな？」

「感、じて……？　これが、そうなのですか？」

「そうだよ。営むためには必要なことだ――床入りについては教えられた？」

「は、い。でも、ン、あとは殿方に任せよ、と……」

そこで話されると、吐息がかかって妙な感じが込み上げてくる。

アレックスは話しながらも、花弁にそって上下に優しく舐めていた。

「はぁっん」

「吐息が湿ってきた。気持ちいいんだな」

「わ、分かり、ません」

舐められ続けていると、ぞくぞくしたものが内側から込み上げてくる。とろりとそこが濡れるのも感じた。

アレックスが、敏感な部分を唾液で濡らした。

「……あっ」

それだけでクリスティナはひくんっと喉が鳴った。

すると彼が、そこを優しく舐め回したり、口に含んだりしてきた。

「ひゃあっ、ああ、あぁ……っ」

刺激されるたび甘い痺《しび》れが強いまま腹の奥まで響いてきて、クリスティナはたまらず身をよじった。

初めての快感に戸惑う。それでも身体は正直に反応し、びくんっとはね、新たな蜜をとろりと溢れさせた。

「お、お願い、あっ……んぅ……だめ、です……あ、ああ、こんなことっ」

「一緒に苦しさを解消してくれるんだろう？」

「んんっ、でも……っ」

「結婚前にほぐして、受け入れやすくするということもある……」

アレックスがちゅうっと蜜口に吸いついた。ぴちゃぴちゃと味わわれて、下腹部の奥がきゅうっとする。

その時、ぬねりと花弁が押し開かれた。

（あっ、舌が……！）

内側に入り込み、ざらりと膣壁を舐められる。

「んゃあ……っ、ああ、だめっ……ああっ、アレックス様っ」

クリスティナは快感に身悶《みもだ》えた。

「それはいいということだな？　ああ、なんて気持ちよさそうな顔なんだ」

どんな表情をしているというのだろうか。

けれどクリスティナは自分の顔よりも、人が変わってしまったみたいなアレックスの方が気になった。

「愛らしいピンクのひだだ、口で触れるとわななないているのを舌でも感じる……俺の奉仕で初めて果ててくれるなんて感激だ……こうして味わえているのも、最高のデザートだ。もっと舐めさせてくれ」

彼はうっとりとして、興奮した様子で舐め回し続ける。

（もしかして話が通じていない……？）

今の彼は、どこからどう見ても冷静ではない。クリスティナは、普段の彼なら止めてくれるはずだと思った。

『私だけを見て』

妖精ローレライの〝呪い〟。

もしかしてという危惧が浮かぶが、はっきり形になる前に崩れてしまう。熱を高められているのはクリスティナも一緒だった。

熱くてしとどに濡れたそこを口で刺激し続けるアレックスに、下半身が甘く痺れてがくがくと震えた。

初めての快感が、ぐーっと頭を白く塗り潰していく感覚があった。

（何、これ）

彼が与える刺激が、全部深く奥までぞくぞくと響く感じだった。

「あ、あっ、だめ……っ。何か、キちゃうっ」

「そのまま感じてくれていい」

彼の頭を強く押さえたら、愛撫が激しさを増した。

「結婚には必要な準備だ。恥じらうことなんてない、そのままイくといい」

「イ、く……？」

「中がぞくぞくするんだろう？　俺の愛撫に感じて、受け入れるために中を締めつけることを繰り返して蜜を出してくれていて――」

不意に彼が太腿を抱え、クリスティナの腰を浮かせた。

そこを夢中になって愛撫する彼の顔がはっきりと見えて、息を呑んだ。

情欲に火照った彼の顔は官能的で、彼に大きく脚を開いて蜜口を差し出す自分の姿は卑猥だった。

「中もひくひく疼いているのが見えるよ。君のココは結ばれる時の準備運動みたいに『気持ちいい』の頂点に達したいと思ってる」

達したい。

それは、的を射ている言葉だと思った。

彼が口を少し離してしまっただけで、もっと、と言わんばかりに切なさを増してそこが疼くのをクリスティナは感じた。

男性を受け入れるために必要な、蜜。

もしここにアレックスのものを迎え入れられたら——そう想像したら、中がぞくんっと震えた。

「ああ、すまない。イきたくてたまらないよな」

感極まった様子で見つめていたアレックスが、再び蜜口を貪る。

「やあっ、ああ……っ、あっ、ン」

「気持ちいいか？　もっと、強くして欲しいか？」

どんどん込み上げてくる気持ちよさが、奥で弾けようとしているのが分かった。

与えられる愛撫にクリスティナは悶えた。初めての快感におぼれる。

「あぁ、気持ちいっ……いいの……ああっ、もっと……っ、そこ」

「クリスティナ……！」

恥じらいつつもこらえきれず腰を揺らして訴えたら、アレックスが激しく攻めてくれた。

（ああ、だめ……気持ちいいのが、奥でいっぱいになる）

快感が高まって、下腹部全体が甘く痺れる。

高みに押し上げられていくのを感じた。喘《あえ》ぎながら無意識に腰を浮かせたクリスティナは、その直前に我に返る。

「あっあ、待って、私、アレックス様に何も、んぁっ、して、なくて」

「気にしなくていい。このあとで俺もイくから」

鼻先で敏感な部分をぐりぐり押され、ぢゅるるっと激しく吸われた。

その瞬間、クリスティナはびくんっと腰を上げて達した。

（ああ、何、これ……熱くて、気持ちよくて）

初めての絶頂感で意識が朦朧《もうろう》とする。甘い感覚が広がると腰から力が抜け、喘ぐようにそこがひくひくっと震えた。

アレックスが、何やらがさごそとズボンの前を広げている気がした。

けれどクリスティナは見届けることもできないまま、果てた倦怠《けんたい》感にそのまま意識を手放してしまった。

三章

目が覚めた時は深夜だった。身体は綺麗にされていて、ナイトドレスを着てクリスティナは寝室で寝ていた。

起こったことは夢だったのかとも思えた。

けれど、固く閉じていた彼女の中心は開かれた変化があった。すれる下着の感触の伝わり方も、いつもと違う気がする。

それでも、清潔な心地よさに引きずられてそのまま眠ってしまった。

気付いた時には朝になっていて、起床したクリスティナは真っ赤になった。

(イかされてしまった、のよね……)

生々しい感触は、いまだ鮮明に思い起こされた。彼に、どんな顔をして会えばいいのか分からない。

それでも、いつも通りの時間に侍女達は訪れた。

悟られないよう、どうにか普段通りの表情を保った。けれど食卓で再会すると、アレックスもちょっと頬に赤味が差してぎこちなかった。

「……その、身体は大丈夫か？」

二人の食事が始まって間もなく、クリスティナはそんなことを聞かれて、食べているものが喉に詰まりそうになった。

彼が言葉少なく問いかけるに留めたのは、待機しているスワンズや、使用人達に悟られたくないせいだろう。

（そう、よね。知られたくはないわよね）

あれは彼のせいではない。

まさか呪いが媚薬のような肉体反応まで引き起こすなんて、クリスティナも思ってもみなかったことだった。

衝撃的な経験だったものの、アレックスが恥じらいを浮かべているのを見たら、自分までそうしてはいられないとも思えた。

お互い、恥ずかしさを『おあいこ』で乗り越えた一件だった。

彼にとってもとても恥ずかしかったことだ。だからクリスティナは安心させるべく笑顔を作ってみせた。

「はい、何も問題はございませんわ」

アレックスがようやく肩の力を抜いた。

「そう、か。よかった」

ずっと気にしていたみたいだ。彼のせいではない。安心してくれたことが彼女も嬉しかった。

　二人の食事が再開される。クリスティナは食べながら、まだ見慣れない目の前の紳士の食事風景をちらりと盗み見た。

（素敵な、人だわ……）

　やはり、何度見ても自分にはもったいない婚約者だと思う。

　鍛えられている体軀、食卓に視線を向けている表情はきりりとしていてハンサムだ。食事の所作もマナーが行き届いて、武骨な軍人感はない。

（結婚する前に受け入れやすくすることもある、と彼は言っていたけれど……）

　落ち着いた矢先だというのに、思い出して胸が早鐘を打つ。

　結婚する男女がすることを、クリスティナは彼としてしまったのだ。

　呪いがある中で、そんなことをしてはいけない。

　何より——と思った時、彼のルビーのような目が彼女を捉えた。

「ああ、すまない。俺のせいで緊張させてしまったかな」

「えっ、いえ、そんなことは」

「二人の食卓に慣れきっていたから沈黙してしまっただけで、君と話したくないわけではないんだ」

　実直な物言いに、クリスティナの胸がまた甘く高鳴る。

　それからアレックスは食事のペースを緩め、起きてから読んだ新聞のことを話してくれた。王都のどこどこの花が見頃だとか、有名な菓子店が新商品を出すらしいとか、いいニュースだけ口にしていく。

(緊張を、ほぐそうとしてくださっているのね)

クリスティナは、その穏やかな声にふわふわとした心地になって、一心に耳を傾けていた。

彼はきっとよき夫になるだろう。

この生活のように、夜の夫婦の営みでも妻を大事に抱いてくれるに違いない──昨日、クリスティナを悦《よろこ》ばせたように。

(嫌では、なかったわ)

初めてだったけれど嫌悪感は一切なくて、目覚めた時にも胸は甘酸っぱい気持ちでいっぱいになった。

誠実で、クリスティナの前ではとても大人な紳士である彼は、燃え上がるとあんなふうに男らしく情熱的なのだと、ズルい手段で知ってしまったような後ろめたさはある。

(急にあんなふうになるなんて、おかしいわよね)

まさかの媚薬のような反応まで出てしまうらしい。あの時は、肉体面への作用が強まってしまったのかと思っていたが、婚約にまったく疑問を抱いていないような彼の様子からすると──。

『私を見て』

ローレライの言葉は、心を操って異性を引き寄せる。

魔法の持ち主であるクリスティナと再会したことによって、好意を抱いている状態になっていないだろうか。つまり、精神にも作用してしまっている？

(そうならば結婚するつもりだという発言も頷けるかも……彼の意思ではないのなら、やはりできるだけ早く呪いを解除して婚約を白紙に戻した方がいいのかもしれないわ)

クリスティナはそれを口にしようとして、不意に口が重くなった。

「俺だけ話し続けてしまっていたな。すまない、君が聞いてくれると思うと嬉しくてつい、喋りすぎてしまうようだ」

アレックスが、ちょっと照れくさそうに頬をかいた。

「結婚して、君との食事がずっと続くと思うと嬉しいよ」

このアレックスの言葉が彼女を引き留めた。

呪いにかかっている状態では、すべてを疑えと教えられてきた。それなのにクリスティナは――彼の言葉に引き留められた。彼が本当にそう思ってくれているなら嬉しい、と。

精神面への作用が疑われる今、彼の本音は全く分からないというのに。

『いつでも相談にきていい』

悩んですぐ、そう言ってくれたリアムの存在が脳裏を過《よ》ぎった。

(そうだわ。一度、王太子殿下にお話を聞いてみましょう)

アレックスと仕事でずっと一緒にいる。何か変化があれば彼が真っ先に気付くだろう。

アレックスが出かけてから、クリスティナは早速リアムへ手紙を出した。

すると、近くに行く用事があるので会おうと返事が届いた。

午後に迎えの馬車が来た。送り届けられたのは高級レストランで、護衛で固められた奥の貴賓室《きひんしつ》へ通されると、早めの軽い昼食をとり終えたリアムがいた。

「状況はどうだ？」

早速尋ねられたものの、昨日も結局呪いの解除については話し合うことはできなかった。

結婚前の男女がすることをした、なんて彼には言えない。

クリスティナは、申し訳ない気持ちで進展がないことだけを伝えた。

「そう気を落とすな。アレックスも忙しいからな。慣れない屋敷で暮らし始めた君を気遣うことも、想定済みだ」

急かさない理由は、やはり気遣いもあったようだ。

「あの、実はアレックス様のことでご相談がありまして……」

間もなく切り出したら、ティーカップを戻したリアムの肩が不自然にぎくんっとはねた。

室内に置かれている二人の護衛騎士達にも、緊張が走る。

「……ウチのアレックスが、何か？」

言い方が妙に思えた。クリスティナが小首を傾げると、彼がいよいよごっくんと唾を呑む。

「奴は、何か君に〝しでかしたり〟などは……」

「いえ？　よくしていただいておりますわ。まるで本当の婚前のように大切に扱われて申し訳なく思うほどです。ただ、呪いが想定よりも深くかかっているのかどうか、気になったものですから」

「ああ、会いたいと言った理由はその確認のためか」

リアムが前のめりになりかけていた身体を楽にした。彼は「どうなんだろうな」と呟きながら、椅子の背にもたれて脚を組む。

「専門家は、女性を弾く反応は魅了系では珍しいと言っていたが……」

「精神操作がされている可能性は、ありませんでしょうか？」

それこそ魅了系の妖精の特徴だ。

「精神操作、ねぇ」

リアムは顎を撫で、疑問の表情だ。

「私と過ごすようになってから、アレックス様に異変は出ていませんか？」

「異変というか、〝いつも通り〟だ」

しばし思い返したリアムが、首を軽く振る。昨日も執務室で会ったという護衛騎士達も、同じ反応だった。今のところ異変を感じている者はいないらしい。

彼をよく知るリアムが気付かないくらいだから、クリスティナを前にした時だけ症状が出るということなのだろうか。

たとえば、ズボンを押し上げるくらい大きくなった昨夜みたいに……。

『結婚前にほぐして受け入れやすくするということもある』

結婚の準備のため、と思い出して胸が甘く締めつけられた。けれどハッと我に返り、抱きかけた思いごと頭から振り捨てる。

(だめ。呪いがかかっている状態では、絶対に勘違いをしないわ)

一族の悲劇が呼び起こされた。

彼があんなことをしてしまったのも、クリスティナが呪いをかけた相手だからだ。今朝後悔しているのを見たばかりではないか。

揺れる気持ちを振り払いたくて、自分に釘《くぎ》を刺すべくお願いすることにした。

「あの、王太子殿下……呪いを解いたらこの婚約は解消してくださるのですよね？　今のうちに準備を――」

クリスティナの声は物音で途切れた。

見ると、護衛騎士が扉に背中をつけていた。何かあったのか、リアムも腕を若干浮かせて妙な姿勢で固まっている。

「いかがされましたか？」

「今回の婚約は、私も実に良縁だと思っているぞ！　君のご両親も喜んでいただろう。このまま結婚することを考えてみないか？　アレックスはずっと独身だったし、あいつも前向きに了承していたし」

「彼が結婚するつもりなのは呪いの効果かも――」

「いやいやいやっ、精神はおおむね問題なし、いや違うな、気になるところは全然ないと言っておこう！」

やたらリアムが大きな声で言った。

「彼は実にいい男だ。私が信頼している者なので、安心してくれていい。私もそろそろあいつには結婚して欲しいと思っていたところだ。よければ魔法を解除するまででもいいから検討して欲しい」

これで話はしまいだというように、彼に紅茶を飲まれてしまった。

治療のため簡易な婚約を結んだ。しかし彼としては、仕事一筋だったアレックスに訪れたまたとない良縁と考えているようだ。

（女性を弾く症状、だけだと思っているせいよね……）

リアムはアレックスをとても信頼しているので、昨夜のことは言えない。クリスティナといることで効果が増してしまった呪い。それも問題だが、魔法を解除してもリアムがアレックスの独身に終止符を打つべく、婚約を白紙にしない可能性が出てきた。

（あ。でも、それは殿下じゃなくてもできるんだったわ）

白紙にしやすいように婚約の書面を作ったとは言っていた。

それは、クリスティナやアレックスでも手続きできるものだとか。しかし、詳しい方法などは聞いていなかった。

（これは責任を持って、私が元の状態に戻すのが役目ではないかしら。殿下はこの様子だ

と教えてくださらなそうだけど――お兄様なら知っているかも）

両家の顔合わせにも同席していた、苦手な兄の存在が頭に浮かんだ。

◇◇◇

というわけでリアムと別れたあと、クリスティナは兄に会うことを決めて馬車の送り先を王城へと変更してもらった。

勤めている兄に面会希望を出すと、ほどなくして機会を得た。

「婚前同棲はどうだい？　大切にしてもらえてる？」

休憩室として使用許可が出ている部屋の一つで腰を据えてすぐ、サリユスがにこにこと尋ねてきた。

「……ええ、大切にしてくださっていますわ」

嘘を吐いている罪悪感で声が小さくなる。

アレックスとの婚前同棲は古の魔法による〝呪い〟のせいだ。その証は、クリスティナの衣装の中に隠れている妖精石のグリーンの輝きが示している。

「なのに浮かない顔だね。君のことだから急な求愛で戸惑っているのかな？　僕と同じくらい美しいのだから、一目で熱烈な求婚をもらうなんておかしくないことだよ」

自分の容姿に自信がある兄らしい言い方だ。

「そう、ですね。まだ戸惑っていますわ」

「ふふ、やっぱりね。早く婚姻を成立させるための婚前同棲をしてくれる男も、なかなか多くない。どこで噂を聞いても彼は仕事熱心のいい男だしね。僕は安心したよ」

だから、今回の婚約を喜んでくれたらしい。

兄のサリユスは、同じブルーがかった銀髪に水色の目をしている。それなのに笑顔からも堂々とした気風がうかがえた。

自分とは違う眩しすぎる美貌を、クリスティナは切なげに見つめた。

「ですが私は、アレックス様の妻になるには不相応だと感じてしまうのです」

「社交経験の少なさからかい？　妻になったあとでも経験は積める。婚姻すれば妖精の性質はなくなるから問題は解決するし、彼のところの伯爵家の夫人も力になると言っていただろう？」

王城で初対面を果たした時、グレアム伯爵夫人はようやく息子が結婚したいと言ってくれたと喜び感謝していた。クリスティナを愛らしい子であると褒め、夫人デビューの際には、ドレスの着せ替えも楽しみだと言ってくれていた。

一目惚れからの求婚、だなんて嘘だ。

クリスティナは胸が痛む。魔法を解除するためリアムが提案し、アレックスは彼女と婚約した。

しかし実のところ、呪いで好感も抱いていることもあって彼は躊躇わず婚約の案を受け入れたのではないか——そう考えるとしっくりくる。

「この婚約を、白紙に戻す方法をご存じですか？」

胸の痛みを吐き出すように尋ねたら、さすがのサリユスも驚きを見せた。

「婚前同棲の取りやめではなく、婚約自体を？」

「はい、そうです」

「まぁ、リアム王太子殿下が『急なことであるから』と配慮してくださっているから、あるにはあるけど」

サリユスは、話すのも乗り気ではなさそうに言葉を切る。

「あのっ、私には難しいことでしょうか？」

「合意のうえで白紙に戻る、という簡易方式が採用されているから、クリスティナにだって難しくはないことだよ。でも白紙に戻したいと思ってしまうくらいに、彼は嫌な男だったのかい？」

もしかして、と兄の目が鋭くなるのを感じた。

アレックスに対して敵意を抱いたのだ。誤解されたと察したクリスティナは、その瞬間に強く否定していた。

「そんなことはありません！　とてもいいお方ですわ。アレックス様は緊張している私の気をほぐしてくださり、交流を持とうと歩み寄ってくださいます。嫌な男だなんて、とんでもない間違いです」

「そ、そうか。君がそんなふうに言うのは初めてだなぁ……なら、どうして婚約解消を？」

「あっ……それは、私がいたらないだけで……」

アレックスが結婚相手としては申し分ない、素敵な男性であることは共に過ごすようになってとっくに実感していた。

婚約のきっかけが〝呪い〟でなければ、と考えてしまったほどに。

そんな気持ちになっていることを、クリスティナは兄に話していて気付いた。

本来なら起こってはいけない二人の秘密めいたことを経ても、彼が素敵な人であるという気持ちに変わりはない。

(嫌、なんて一度も感じなかった)

アレックスに触れられたあの時も、クリスティナは結婚するからいいのだと言った彼にどきどきして、そして自分から身を委ねた。

恥ずかしさはあっても、不思議と嫌悪感はなかった。

アレックスがつらさから解放されて、よく眠れたのならそれでいい、と。

「そっか、自信がないから考え込んでしまったんだね」

サリユスが、クリスティナの額へキスをした。彼女は兄がいつの間にかこちらの席へ回っていたことに、はたと気付く。

「君は僕の妹だ。どこに嫁いでも申し分ない素敵なレディさ、自信をお持ち」

「お兄様……」

「僕も、父上と母上も意見は同じだよ。僕から見てもアレックス殿は、君と婚約ができて心から嬉しそうだった。僕の勘は外れないんだ、こう見えて家族の中で一番社交界で人間を見てきたからね。彼を信じてごらん」

たまには兄らしいことを言う。

(信じたいわ……でも)

クリスティナは涙腺が緩みそうになった。そこで、はたと悟る。呪いのせいで優しくされているだけかもしれないのに、それを自分は信じたいと思い始めているのか。

(胸が苦しくなるのも、このまま彼へ嫁ぐのなら素敵だと……?)

だが、一族の悲劇が脳裏を過ぎった。

自分はそうなってはいけないと、戒めのように心を頑なにした。

今、目の前で笑っている兄を悲しませることなんてできない。両親も、クリスティナのこの先を楽しみにしてくれている。

(──私の目的は、アレックス様の呪いを解くこと。それに集中しないと)

両親も、そして兄も知らない十三歳のクリスティナの過ち。

呪いをかけて五年、アレックスの本来の出会いや恋のチャンスも潰してしまったかもしれないのだ。責任を持って彼を解放しなければ。

「お兄様、私は簡易婚約のことをあまり詳しく知らないのです。だから念のため解消手続きについて教えていただいてもよろしいでしょうか？」

このまま結婚して、アレックスが後悔してしまうことになったら嫌だ。十三歳の頃からのクリスティナの憧れの人。

妹の眼差しを受け止めたサリユスが、ややあって溜息をもらした。

「簡単なことなので説明はできるけど、それは今すぐ君がしに行くわけではないね？」

「それは……もちろんですわ」

じっと見つめられたクリスティナは、兄の目を見ていられず視線をそらしてそう答えた。


きっと行くんだろうなぁと察しながらも、サリユスは妹に手続きのことを話した。

説明は、短い休憩のほんの少しの時間で済んだ。クリスティナは聞き終えるなり長居するのは悪いと言うので、王城の馬車乗り場まで送った。

「うーん、これは僕が一肌脱がないとだめかな？」

彼が本当に結婚してくれるかどうか、妹は不安らしい。

馬車の行き先は彼女が今暮らしているアレックスの屋敷としたが、サリユスは途中で下車してしまう予感がした。

(あの軍人は、堅物との噂通り、キスさえしていないのだろうか)

妹のクリスティナは、大変美しい。はかなげな色気もあるのだが、それにもぐらつかない精神とはさすがだ。

クリスティナは鈍いところがある。

二人の間に婚約者らしいことが何一つなくて、不安になっているのだろうか？

「それはそれで、とても大事にされていると思うのだけれどねぇ」

遊び回っているサリユスと違って、クリスティナは純情だ。彼女のペースに合わせてアレックスが進めてくれようとしているのなら、兄としても安心だった。

彼女のことを思えば、慎重になるのも頷ける。

妖精ローレライの事情もあって、クリスティナは恋愛事に不安が大きい。

（それを考えたうえでアレックス殿も見守っているのだとしたら、――やっぱりこの婚約は正解だ）

クリスティナにとっても、これ以上ない相手だろう。

可愛い妹だ。軍人は暑苦しくて嫌いなのだが、サリユスはひとまず状況を教えるべく軍区へ足を運ぶことにした。

すると途中で、同僚達が声をかけてきた。

「どこへ行くんだ？　この方向に歩いているのは珍しいじゃないか」

「そうそう、向こうは君の苦手な軍区だろう？」

半ば冷やかし混じりだったが、本当のことだったのでサリユスは笑って「そうなのだけれど」と答えた。

「婚約した妹のことを話しただろう？　先程訪ねてきてね。不安に駆られて婚約を白紙にしそうな勢いだったから、それを婚約者殿に伝えに行こうと思って」

「それは大変だ」

美人に目がない同僚達が、賑やかな推測を交わし始める。その直前、軍区へと向かっていた騎士達が、ものすごい目でサリユス達を見ていた。

サリユスは視線に気付かないまま、同僚達に返事をした。

「少々内向的なところが強いんだ。自分なんて愛されるはずがない、と美しさを自覚していなくて困ったものだよ」

「そういうとこも好きなくせに。サリユス殿の妹溺愛は有名だ」

「あははっ、ひねくれているから本人には苦手意識しか抱かれていないいんだけどなー」

「で、伝えに行く相手って誰なんだ？」

サリユスの口から婚約者である騎士団長の名前が出た時、「これはまずいっ」と騎士達がその上司目がけて全速力で走り出していた。

◇◇◇

馬車で王城を出たクリスティナは、街中で下車して王都のとある場所へと向かった。

大きな建物が多い場所だが、道は見通しがよかった。各施設への案内板も整備されているので、確認すれば辿り着ける。

間もなくクリスティナは、広い正面階段を設けた建物を見上げていた。

「ここが、第四司法所……」

婚約関係の申請を取り扱っている機関だ。ここに各種婚姻申請の他、取り下げ用紙も置かれている。

婚前同棲は途中で取りやめることも可能だ。結婚準備のため、住所がいったん実家に戻る場合があるから——ということをサリユスは話していた。

けれどクリスティナが来たのは、婚約自体をいったん白紙に戻すためだ。

今回のクリスティナとアレックスの婚約は、リアムのはからいで二人の申請があれば白紙の許可が下りる状態になっている。

（黙っていれば、婚約がなくなったことをしばらくは誰にも知られない）

二人の婚前同棲は、世間の目を欺くための一つの提案にすぎなかった。治療のための場は整ったので、速やかに婚約前に戻すのがいい。

けれどクリスティナは、立ち止まって動けなくなってしまった。

不意に胸が苦しくなった。建物を見ていると、アレックスと交流した日々が頭の中に溢れてきたのだ。

（……私、婚約をなかったことにしたくないと思っているの？）

彼は魔法のせいでこのまま結婚しようとしている。

魔法の解除が長引いてしまって、事情を知らないリアムが成婚へと話を進めたら、取り返しがつかない。

でも、それも自分への言い訳にすぎないと分かっていた。

今、足が動かないのがそうだ。婚約者として優しくしてくれたアレックスのことが胸から離れなくて——。

「クリスティナ！」

その時、彼の大きな声が聞こえて心臓がばっくんとはねた。通りには多くの人の行き交う音があるのに、まるでその人の声にだけ反応したかのようにクリスティナは振り返りかけた。

「あっ……」

だが次の瞬間には、後ろからアレックスに強くかき抱かれていた。

まず覚えたのは、逞しい腕の温かさだった。それから続いて抱き締められている感触が全身に広がって、遅れて驚きがやってきた。

「よかった、君の兄上から知らせがあったんだ」

耳に降ってきた低い声にどきどきして、驚きの感情が遠ざかっていく。

「あ、兄が？」

「ここへ向かったかもしれないと。俺は……偶然耳にした部下から話を聞いてすぐ飛び出したので、教えに来てくれた彼とは会っていないが」

アレックスは、抱き締めている腕をなかなか離してくれない。

何か意味があるのだろうかと勘ぐって一層胸が高鳴ったクリスティナは、ふと彼の身体が火照っていることに気付いた。クリスティナを胸に閉じ込めた彼は、軍服がしっとりと汗ばんでいた。息も少し上がっているようだ。

「お仕事があったのに、私を探しに来てくださったのですか？　急ぎで？」

「そうだ」

「だ、だめですっ。アレックス様はお城に戻らないと、皆様がお困りに――」

「そんなことどうでもいい！」

こんなに大きな声を出されたのは初めてだった。息が詰まりそうなほどきつく抱き締められ、言葉が出なくなる。

通行人たちは怯えたように見ていたが、その声は、クリスティナには悲痛に聞こえた。

「すまない、いきなり大きな声を出して……」

驚かせてしまったと思ったのか、アレックスが深呼吸する。

「君は、何をしにここへ？」

「私は、その……治療のための婚約を白紙に戻そうと」

だが唐突に、彼の手で口を覆われて続く言葉を遮られた。

クリスティナは驚いた。周りから「痴話喧嘩《ちわげんか》か？」とひそひそと声が聞こえてきて、はたと思い出す。

（そうだったわ、他の人に知られてはだめなことだった……）

心臓がどくどくする音を聞いていると、後ろからアレックスがそっと耳を寄せた。

「その話なら別の場所で。目立つから移動しよう」

いいね、と彼に早口で囁かれて、クリスティナはこくこくと頷いた。

手を引いて歩き出したアレックスは、少しだけ怖い顔をしていた。足並みも揃えずに男の足取りで黙々と歩いていく。

質問できる雰囲気ではないように感じて、いつもより速く歩く彼にクリスティナは必死についていった。

場所を移動して数分、彼が入ったのは宿だった。

「休憩のため一時間」

窓口でそう伝え、アレックスが鍵を受け取った。

他に、人に聞かれないで話せる場所がなかったからだろう。クリスティナは彼と共に階段を上がった。

辿り着いた扉の向こうには、想像していたよりこぢんまりとした部屋があった。

(ベッドしかないわ……)

二人部屋なのか、左右に一つずつベッドがあったけれど、座る椅子はない。

彼のことだから、立ったまま話をさせようとはしないだろう。

クリスティナは、左手のベッドに腰かけた。ブルーがかった銀髪が白いシーツに広がる。

その時、鍵を閉めたアレックスが、振り返った直後にがたっと扉へ背をあてた。

「アレックス様？」

不思議に思って呼びかけると、彼が激しく視線を泳がせて狼狽《うろた》えた。

「す、すまないっ、君が注目されていると思ったら、つい勢いで……」

「勢い？」

「いやっ、その、二人きりで話せる場所となるとここしか思いつかなかっただけでっ。大丈夫、君に近づかないようにするから！」

「まぁ」

扉の前でぶんぶん手を振ってくる彼に、クリスティナは二人きりになった緊張感も飛んでしまった。

婚約しているのに、彼は節度を守るためか、できるかぎりの距離を取ってくれていた。

「ですが、お話をするにしても、私だけ座っているなんて」

「俺はこのまま立っていても平気だ」

「ずっと走っていらしたのでしょう？　なら、向かいに」

彼女は促したのだが、彼はとんでもないと素早く首を横に振った。

「心を強く持つためにも……いやっ、とりあえず一度元の状態にまで落ち着けるためにも、今は連想させるような感触一つすらだめというか……！」

葛藤でもするみたいに、彼が顔へ両手を押しつける。

声がくぐもっていて何を伝えたいのか分からない。クリスティナが尋ねようとした気配でも察したのか、彼が唐突に顔を上げて話を振ってきた。

「婚約は、君に負担をかけてしまったか？」

「え……？」

「それとも相手が俺なのが嫌だったのかな。俺は三十歳で、君とは年齢が十二も違うから、やはり気に入らなかっただろうか」

「そ、そうではありませんっ。あなた様を、私が呪ってしまってっ──」

──五年前、クリスティナが彼を、呪った。

もしかしたらそのせいで、二十代の頃にあった彼のいい縁談話だって潰してしまったかもしれない。他人の人生を、大きく狂わせたのではないだろうか。

そんな不安が強く湧き起こった瞬間、呼吸の仕方も分からなくなってしまった。

（あっ……どうしよう、声が出ない）

クリスティナはパニックになった。息が詰まって胸を抱えたら、いつの間に駆けつけたのか、アレックスが背を撫でて落ち着かせてくれた。

「大丈夫、ゆっくり息を吸って。俺は待つから」

言いながら、彼が隣に座って、屈んでいたクリスティナの背を起こしてくれる。そうすると少し呼吸が楽になった。

「あ、わ、私」

「無理をしないで、まずは呼吸に集中するんだ。はじめは浅く、それをゆっくり、そう、次第に深く吸って──」

言われた通り呼吸を意識すると、あっという間に苦しさが薄れていく。

クリスティナは、ほっと息をもらした。

「急にごめんなさい……うまく、話もできないなんて」

「いや、いいんだ、急に大きな声を出させてすまなかった。慣れないことをしたせいだろうな。俺に寄りかかってもいいよ、落ち着いたら話して」

「いいのですか？　でも、私はもう子供では」

「誰も見ていないのだから、気にする必要はない。ほら、深呼吸だ」

確かに楽にはなっていたので、クリスティナは素直に従った。

アレックスが、優しい笑顔で見守ってくれているのを感じた。

彼は自分の方に引き寄せるようにして、ずっと彼女の腕を撫でてくれていた。その温かさからも次第に落ち着いてくる。

（とても、優しいわ――）

クリスティナはじーんっとした。

昔、同じようにされたことがあったのを思い出す。

両親と共に大きな屋敷を訪問した際に、彼女は同年代の子供の輪に恐ろしくて入れなかった。

すると今みたいに半ばパニックになって、兄のサリユスが連れ出して彼女を落ち着かせてくれたのだ。

（思えば、ずっとお兄様は優しかった）

一番苦手だったけれど、デビュタントとして王城を訪れた際にも、引いてくれている彼の手が世界で一番安心できた。

それが今、徐々に自分の中で変わり始めているのを悟った。

じっと彼の手を見つめていると、不意にアレックスがふふっと笑ったのが聞こえた。

「そういう真面目なところも、変わらないいんだなぁ」

「あっ……もしかして、出会った時のこと覚えているのですか？」

「もちろんだよ。君自身も相手には一途でいたいんだなぁと話から感じて、優しくて、真面目な子なんだなぁと思ったんだ」

——覚えて、くれていた。

なぜだか、たったそれだけのことが無性に嬉しくて、クリスティナもようやく少し笑えた。

「そう、かもしれません。考えすぎるところもあるとは兄にも言われます」

「責任感が強いんだろうな。君は立派だ」

ぽんぽんと腕をあやすように軽く叩き、彼の手が離れていく。

（不思議だわ……）

アレックスの言葉を聞くたびに、胸が軽くなっていくのを感じる。

どうして彼は、クリスティナが欲しい言葉をいつも知っているのだろう？

いや、欲しいと思った時に、その優しさや勇気をくれる人なのだ。

(彼が相手だと、こんなにも胸がきゅっとするのはどうして？)

ああ見えて、世界で一番優しい兄だった。それなのに同じことでも、アレックスにされると全然違った。

クリスティナは、ときめいている胸にそっと手を添える。

彼は自分を見つけて、救ってくれた人だった。

彼に取り返しのつかないことをしてしまった責任があるはずなのに、優先すべきは呪いの解除なのに、クリスティナは今の彼とのことで胸がいっぱいになっている。

「君が婚約を白紙に戻そうとしたのは、呪いのせいか？」

今度は、落ち着いてそう話を切り出された。

「は、い……」

「俺のせいではない？」

「違います。呪いでアレックス様と縁を結んでしまうなんて……あなた様に憧れている令嬢達にも、申し訳なくて」

彼のことを知ったのも、令嬢達が熱く語っていたのを聞いたからだ。

(思えば盗み聞きしていたかも……)

アレックスの話を聞けると思って、両親に同行した。その頃のことが今になって蘇って、クリスティナは恥ずかしくなる。

「俺は……君と結婚してもいいと思っている」

耳に落ちてきた言葉に、どきんっと心臓が高鳴った。

しかし見上げたクリスティナは、躊躇うような素振りを見せる彼の横顔にハッとした。

「……それは、本心でしょうか？」

気付いたら、震えそうになる声でそう尋ねてしまっていた。

アレックスが素早く顔を向けてきた。

「もちろんだとも。当然だ。むしろ、全然いい」

たたみかけるようにそう告げてきた様子も、普段の冷静な彼と違うとクリスティナは思った。

「本当の、本当に？」

「ほ、んとうの本当だ」

覗き込むクリスティナを目に収めたアレックスが、じわりと頬を染め、少し距離を取りながら遅らせて言葉をそう返してきた。

(やっぱり、少しご様子が変かも……)

本心なのかどうか、本人も一瞬判断しかねたのではないだろうか。

そんな可能性が脳裏を過ぎって胸が苦しくなった。

「アレックス様、その……結婚してもいいと思っている気持ち自体、もし呪いのせいだったらどうしますか？」

たまらず、切なくなって彼を見上げた。

アレックスが息を呑む。

「待て、待ってくれクリスティナ、それはどういう意味だ？」

「アレックス様もご存じでしょう。古の魔法の中で、精神操作タイプはもっとも忌まれているものです」

「君は、俺の心にまで魅了の魔法がかかっていると言いたいのか？」

「私はそうだと考えています」

心で悲鳴をあげながら告げると、アレックスが激しく狼狽《ろうばい》した。

「違う、そんなことはあり得ない」

「あり得るんです、魅了の魔法をかけられている本人は違和感に気付きません。妖精ローレライの魔法は、魅了する妖精の中で、もっとも強力なのです」

「だから婚約を解消した方がいいと考えたのか？」

「そうです、過ちなら正すべきで――」

「信じてくれ」

アレックスが懇願するように強く肩を摑んだ。

「俺は他の女性に触れない症状が出ているだけで、気持ちは何も操作なんてされていない。

俺は君が、好きで……」

彼が考え込むように、また言葉を詰まらせた。

弱々しい『好き』を聞いて、クリスティナはつらくなった。

(初めて好きだと言われたのに……とても、悲しいわ)

それは彼の本当の気持ちではない。諦めのように、今、悟った。つらそうな彼を見ているのが、彼女もとても苦しい。

「……アレックス様、無理をしようとしなくてもいいのです。作られた好意ですから」

「違うっ、そうじゃない！　俺は、君に離れられてしまうのが怖くて」

「だからそれは呪いで――」

「信じて欲しい。君だけなんだ」

唐突に、大きな両手がクリスティナの顔を引き寄せた。

切なげな表情をした彼の顔が迫る。あ、と思った時には、アレックスの口が彼女の唇を塞いでしまっていた。

彼に、唇を奪われている。

クリスティナは口に感じる柔らかな温かさに気付き、ゆるゆると目を見開いた。

(私、アレックス様にキスをされているの……？　どうして？)

状況が、よく分からない。

触れ合っている時間は、短いようでとても長く感じた。

アレックスがそっと離れる。クリスティナは顎に指をかけ上を向かせている彼を呆然と見つめ返した。

「アレックス様？　どうして、キスなんて……」

されたことをじわじわと実感して頬が染まる。

「ああ、君の唇はなんて柔らかいんだろう。──舐めてしまっても？」

彼の目が赤面したクリスティナの眼差しから、唇へと移動してじっと熱く見つめる。

「えっ？　──あ」

上げた声は、再び彼の口の中に消えてくぐもってしまった。

また、キスをされている。

人生で二度目のキスにクリスティナはびっくりした。しかし、吸いつかれ、ぬるりとした熱い何かで撫でられた。

「ん……っ、ン」

言われた通り、彼が舐めているのだ。

彼の熱で唇をくすぐられると、触れ合う時とは違う甘い心地が、きゅーっと下腹部まで伝わっていく気がした。

彼は、何度もキスをしてくる。

苦しくなってジャケットの袖を握れば、もっと引き寄せられて角度を変えて口づけられた。舌で唇をぬるりとこじ開けられる。

「んぅ!?」

熱い舌が押し込まれ、口の中でくちゃっと触れ合った熱に震えた。

「……あっ……ん、んん……んぅ」

舌同士をこすり合わされて、初めての大人のキスにくらくらする。

彼が口内を撫で回しながら、覆い被さるようにベッドに押し倒してきた。

「クリスティナ」

彼の声に、下腹部までぞくんっと粟立《あわだ》った。

(何、この甘い声……!?)

身体から力が抜けてしまった。するとアレックスは唇を吸い合わせながら、上から悠々と舌を差し込み探るようにどこか慎重に口内を舐る。

入ってきたのは強引だったのに、教えていくみたいなキスは甘い。

「ぁん……は、あ……っ、ん、ん……」

自分の声がねだるように甘くて恥ずかしい。けれど初めての感覚に、クリスティナは戸惑いごととろけそうになる。

「いい、みたいだな。よかった」

キスの合間に囁かれる。

(あ、……だめ、その声)

彼の低い声は、身体の奥を甘く痺れさせた。くちゅくちゅと二人のキスの音が頭の中まで響いてきて、抵抗する力を根こそぎ削られる。

(どう、しよう。頭の中も熱くなって……)

口内を犯す熱にぼうっとする。彼のジャケットを握るクリスティナの手は、もはやすがるように摑まれているだけだ。

それを、進めてもいいという意思表示と取ったのだろうか。

アレックスの大きな手が、ゆっくりと彼女の身体を這《は》い始めた。

「んん、ン……ひゃっ」

腰のくびれまで下りた手が、戻ってきてふにゅりとクリスティナの胸の形を変えた。

「ああ、ここも、こんなにも柔らかいなんて」

アレックスが膨らみを注視し、感極まったように両手で揉《も》んでくる。

先日、濃厚な時間を過ごした際に聞いた声と同じだ。

そう気付いたクリスティナは、まさかと思っている間に固いものが太腿に触れ、どきっとした。

「あっ……」

彼が動くと、それはドレスのスカートをくいっと引き上げた。

ズボンを押し上げている光景が思い出された。その瞬間に、彼が興奮状態なのだと嫌でも自覚して、頬がかぁっと染まる。

「アレックス、さま」

（また、媚薬みたいな反応を……？）

目を向けられたことに気付いたのか、彼も自身の下半身を見た。

「ああ、すまない。でも興奮してしまって、もう、無理だ」

無理、とは何がだろうか。

けれどクリスティナには尋ねるタイミングがなくなった。彼がクリスティナの胸の形を手で変えながら、首筋に吸いついてきたのだ。

「だ、だめです、こんな」

両方から、ぞくぞくっと甘い痺れが走って喘ぎが勝手に口からこぼれる。

「だめではない、俺達は結婚する者同士だ」

「あっ……ン」

一際《ひときわ》強く吸われて、びくんっと身体がはねた。

「君の白い肌に、俺の痕《あと》が美しい」

何を言われているのか分からない。感極まった吐息をもらした彼に、そのまま鎖骨のあたりまで舐められる。

肩口に顔を埋めた彼から、熱っぽい吐息が聞こえた。

また苦しいのだろうかと、クリスティナは淫らな熱に悩まされながら推測する。

「クリスティナ」

名前を呼ばれたら、もうだめだった。

「あっ、あ……あぁ」

彼が触れていく場所や、口づけていく胸元から、甘い快感を敏感に拾ってしまった。

キスのあとだと一層感じるようだ。呪いのせいで彼を苦しくさせているのだとか、そういった考え事に集中できない。

この前、触れられた太腿の間も変な感じだ。

やわやわと胸を揉まれ続けているのも、妙にぞくぞくしてきて吐息が震えそうになる。

「だめ……あ……っん」

「そうは聞こえない。ここも感じてくれているんだな？」

固くなった胸の先端を、服越しにこすられる。

「んんっ」

それは独特な感触だった。指で先端をくりくりと弄《いじ》られ、軽く引っ張られるとじんっとした甘い痺れが下腹部まで走り抜ける。

身悶えしながらそちらに目を向けたクリスティナは、その時になって初めて、ドレスの襟が胸の頂きに引っかかっているだけの状態であることに気付いた。

「あ、あっ……そんな」

だめだと言っても、アレックスは聞いてくれなかった。

衣装をずらしながら露わになっていくクリスティナの肌を丹念に舐め――そして、一気にドレスの襟を下げた。

「ひゃあっ」

ふるんっと目の前に突き出された乳房に、羞恥と驚きの声が出る。

「み、見てはだめっ」

「どうして？　とても綺麗だ。……美味しそうな極上の果実みたいで、桃色のここは抗えないほど吸いつきたくなる」

宣言通りアレックスが乳房にむしゃぶりついた。同時に片方の胸は揉まれたり、先端を突っ張られたりして、クリスティナはたまらなくなる。

「あぁっ……あ……ッ」

堅物だと聞いていたのに、彼が与える官能の波が襲ってくる。

(気持ちいい、彼の手がすごくよくて……)

不埒な気持ちがぐぐっと腹の奥から込み上げてくる。悩ましいほどの熱は、先日快感を知ったばかりのクリスティナには抗い難いものだった。

「ああ、永遠に触り続けていたい柔らかさだ」

「んんっ、アレックス様、そんなに吸ったら……っ」

「気持ちいいんだな？　嬉しい……ああ、俺の手でもっと感じてくれ。そうだ、ここにも痕をつけておこう」

またしても肌を強く吸われて、びくんっと身体が震えた。

今度は、胸の頂きの近くなので見ることができた。

なんだろうと思って確認してみると、彼がちゅうちゅう吸いつく胸の盛り上がりの一部が、赤くなっていた。

「アレックス様、これは……？」

「キスマークだよ。強く吸うとつくらしい。初めてだが、成功してよかった。コツを掴めてきたら、もっと君に気持ちよくつけてやれると思う」

初めて、と聞いてクリスティナは眩暈を覚える。

アレックスは童貞だと聞いていた。けれど、とてもそうは思えない。

「あっ……」

ドレスをまさぐられて、内腿を撫でられて開かれる。

彼の手が、広げられた脚の間にあっという間に滑り込んだ。下着越しに彼の指があてられる。

そこは、彼に触られてすでにしっとりと濡れていた。

アレックスの指に押されると、クリスティナのそこはくちゅりと音を立てた。

感じて、溢れてしまっていたことを知られて恥ずかしくなる。

咄嗟に脚を閉じようとしたが、間にいたアレックスに両手で膝を押されて、大きく広げられてしまう。

「ア、アレックス様、やだっ」

「恥ずかしがらなくてもいい。これから、もっと溢れる」

あてられたアレックスの指の腹が、布越しに秘裂を探りながら動かされた。

「あぁ、あ……っ、だめ……」

彼が優しく触れるだけで気持ちよさが走り、蜜口はひくひくと喘いだ。これまで与えられた快感が、そこに集まっている気がする。

快感を逃がそうと身じろぎするクリスティナに構わず、彼は指の腹をこすりつけ、下着越しに秘裂を動かして喜々として愛撫した。

「ひゃっ、あ、あっ」

下着をめくって、彼の指が秘裂を上下にいやらしくなぞる。

「イきそうなんだな？　ひくひくと指に吸いついてくる」

ぬぷりと指の腹が蜜口に埋まっていく。徐々に割り開くようにして、彼は上下にこすりつけてきた。

「あっあ、あ……やぁあああっ」

あっという間に気持ちよさが膨らみ、奥で弾けた。

クリスティナは腰を震わせた。下肢全体がじーんっと甘く痺れて、腰をびくびくっと浮かせてシーツを握る。

それでも終わらない刺激に、身悶えした。

「もう、止めて……」

達した感じがやや収まると、続けられている刺激は快感を上書きした。

気持ちよさに身をよじったクリスティナは、その時になって初めて、彼がくちゅくちゅと鳴らし続けている指が中に出入りしていることに気付いた。

「あ、あ……っ、うそ、んんっ」

見てしまったら、実感と共に強い悦楽が湧き上がった。

「熱く吸いついてきてたまらない。ああっ、君のそこにしごかれたいっ、ここに入ったらどんなに気持ちいいか――」

うっとりと彼は口にしているが、指が中を探る慣れない感触に意識が引っ張られる。

（だめ、また……っ）

卑猥な水音が恥ずかしい。けれどもっと、と、そこは確かに次の絶頂へ導かれたいと快感を求めていた。

彼に触られるがまま腰が浮いた。

「あ、あっ、アレックス、様……っ」

頭の中が快感に染まっていく。滴《したた》るほどの愛液に身を震わせた直後。

「んんぅ――っ」

クリスティナは上げた腰をびくびくっと震わせて二度目の絶頂にいたった。

今度は、彼がすぐに指を引き抜く。

「お願いだ。もう我慢ができない」

もうとは、と疑問を覚えた時には下着を抜き取られていた。

悦楽でひくついているそこが、空気に晒《さら》されるのを感じてびくんっと下肢が震えた。

「させてくれ、クリスティナ」

色気に溢れた甘い声につられて、とろんとした目を上げる。

すると、そこにはいつの間にかジャケットを着けておらず、余裕もなくベルトも抜き捨てるアレックスがいた。

「俺には、君しかいないんだ。君以外の女性なんて抱きたくない」

ズボンの留め金を急く手つきで外しているのを見て、クリスティナは彼が何をしようとしているのか分かった。

ここは屋敷の外だ。話し合うために入った宿だ。

(こんなところで、だめなのに……)

でも、彼の『君しかいない』という言葉が、自分の胸を震わせるのをクリスティナははっきりと感じた。

——これは、喜びだ。

達した時に、胸がきゅうっと甘く締めつけられたのも、触れられて心まで熱くなったのも、すべてそうだったのだと自覚した。

(私、彼を受け入れたいんだわ)

彼に、妻として迎えて欲しい。

娶ってくれるのなら、この人がいいと彼女はとうに望んでしまっていた。

抱き締められた時に苦しさから解放されたように感じたのは、引き留めてくれた彼への淡い恋心だと悟った。

第四司法所に入ろうとした足が止まったのも、彼に恋をしていたためで――。

「あっ」

早急にくつろげられた彼のズボンから、初めて見る男性器が飛び出した。

それは、クリスティナが予想していたよりもはるかに大きかった。そそり勃ち、狂暴な熱を孕《はら》んでいるように思える。

「怖いか？　以前見せ合いっこと言ったが、俺のは見せていなかったな」

アレックスが握り、上下にこする。

すると、それはびくんっと震えて、苦しそうな脈がよりはっきりと浮き出た。

「い、いいえ、怖くありません」

それが他の誰のでもなく、アレックスのだから。

彼女は、それよりも止まらず手を動かし続けている彼の身を案じた。

「あの、すごく大きくなっているようですが……苦しいのですか？」

「く、るしいよ。君に見られていると思うと、身体中の血がここに集まるような気がする」

彼の頬が上気しているのも、恥ずかしさもあってのことなのだろう。

紳士的で優しい彼が、こんなふうに彼自身の性を暴き見せるなんて、想像もしていなかったことだ。

クリスティナに婚前の関係を迫っているのも〝呪い〟のせいなのだ。

（そうなったのも、私のせい。だから——）

けれどそんな自分の思考さえも、言い訳に聞こえた。

クリスティナこそ、初めて見た彼の男性としての欲望を前にして、受け入れたいと思っている。

それを目にした時から、知識だけは知っていた彼女の受け入れる部分もまた、ひくひくと熱を増していた。

彼女は、こくりと緊張を呑み込んだ。

（とても恥ずかしいけど……でも、今度は私が、アレックス様の『苦しさ』を解消してあげるの）

羞恥に躊躇いつつも、上下する胸に両手を寄せると、勇気を振り絞って脚をそろりと開いた。

「クリスティナ？」

アレックスが少し驚いたように手を止める。

「それでアレックス様のつらさがなくなるのなら……その、して、くださいませ」

十三歳の時、心を救ってくれた人。

その人が今、五年の時を経て、彼女の婚約者になってくれた。

（——運命みたい、と思ってしまいたくなるの）

彼が言っていた通り、遅れて良縁がやってきたのだ、と。

そう願望を重ねたくなってしまったのは、クリスティナが今になって淡い憧れを自覚したせいだ。

そして、再会した彼のことを好きになってしまったから。

「くっ、すまないクリスティナっ」

アレックスが掴み、彼女の腰を引き寄せた。

脚を広げられたが、クリスティナは力を入れなかった。彼が自身の先に愛液を塗り込むように滑らせる。

蜜口がくちゅくちゅと触れ合うのを感じて、ひくんっと腰がはねた。

「ああ、俺のものが君のここにキスしてる……夢みたいだ……君のも、咥《くわ》え込みたがってる、ほら」

くぷり、と押し開かれる感じがした。

「んんっ」

指とは違う大きなものが、狭い入口をぴたりと塞ぐ。

「すまないっ、もう無理だ」

苦しい呻きが聞こえたかと思ったら、アレックスが体重をかけて、大きな身体を押し倒してきた。

「あぁっ……！」

配慮ができない、という言葉は本当だったようだ。

まだ舌や指以外を知らないクリスティナの隘路《あいろ》が、彼自身によってきつく割り開かれていく。押し込まれる熱に悶えたが、彼は止まってくれない。

「も、だめ、入らな……っ、ひぅ！」

彼のものが、ずんっと奥まで進んできた。

あまりの質量感に息が詰まった。はくはくと喘ぐクリスティナの唇にキスをし、彼は汗ばんだ顔に何度も口づける。

「大丈夫だ、大丈夫だから」

「あ、あ、痛……痛い、の……」

「まだ奥までは入れないから」

その言葉に驚いた。

（まだ全部入れていないのに、このきつさなの？）

そう思った時、アレックスが両手をついた。

「すまない、我慢ができないんだ」

まだまだきつい隘路を、固くなった彼自身が、ぐちゅっぐちゅっとこすり始める。

「あ……っ、ン……あぁっ……」

きつくて、燃えるみたいに熱い。

男根が出入りする初めての感覚に、クリスティナは悶えた。

アレックスはどうにか抜き挿しできる範囲内で、腰を前後に揺らして、自身をクリスティナにこすりつけてくる。

（それもこれも、呪いがかかっているせい）

そうでなければ、こんな場所で、こんなにも彼が淫らになるはずがない——。

だからつき合わなければと思い、クリスティナはシーツを握って耐えた。

「あっ……あ、……あぁ」

脈打つ男のもので中をこすられるのは、独特な感覚があった。

苦しいのに、蜜壺《みつつぼ》は彼に動かれるたびに甘く疼く。まるで出入りを助けるみたいにどんどん蜜を出してくる。

「クリスティナ、クリスティナ……」

アレックスが、夢中になって肌に吸いついてくる。

組み敷いたのは強引だったのに、その手も唇も優しくて切なさが増した。繋がった場所はきついけど、彼の愛撫が気持ちいい。

（偽物の情なのに、彼と子作りしてしまっている……）

ひょんなことがあって、呪いのせいで彼と再会した。

あの時に感じた安らぐ気持ちを抱ける男性は、クリスティナは彼以外出会えていなくて——。

あの時すでに、彼女の心は彼に向いていたのだ。

恋も知らない十三歳の子供だった。

それなのに、クリスティナは名前も知らなかった騎士様に心を奪われた。

(憧れた人と婚約したのに、それが、呪いのせいだなんて……)

悲しみがせり上がってきたが、それは揺さぶられる感覚が徐々に変わってきたことで、頭から遠のき始めた。

「あ、ン……あぁっ」

奥から、じわじわと何かが溢れてくるみたいに下腹部が甘く疼いた。

彼がぎりぎりまで引き、そして押し込むと、痛みとは違うじーんっとした痺れが中から響いてくるみたいだ。

それにアレックスは気付いたようだ。

「もしかして、……感じてる?」

「わ、からない、です」

「ここは?」

今度は、深めにアレックスが腰を押し込む。

「ひゃ、あ!」

これまで入れていたよりも深く、膣奥の近い場所をぐぐっと押し上げられた瞬間、感じたことのない快感が熱となって広がった。

「そうか、いいんだな?」

彼はクリスティナの太腿の下に手を回すと、引き上げて、身体をより密着させた。

そのまま身体を前後させ、先程と同じ場所にあたるように突いてくる。

「あぁっ……だめ、この体勢、ン、奥に響いてっ」

「クリスティナ、それが正解なんだよ。それは気持ちいいというものだ。さあ、奥まで入れるよ」

まだ、奥ではないのか。

彼女は想像して震えた。今でさえおかしくなりそうなのに、このままさらに奥を突かれたら、どうなってしまうのか。

「まっ、待ってアレックス様、私っ」

「俺を信じて」

アレックスに目を覗き込まれて、息が詰まった。

彼の凛々しい赤い目は欲情を帯び、息を切らせた表情はとても美しかった。クリスティナの胸が甘く高鳴る。

「俺を、君の一番奥に迎えて欲しい。君が欲しくてたまらないんだ、クリスティナ。奥で、君と繋がりたい」

彼の揺れる腰元で、くちゅくちゅと互いの性器が音を奏でている。

求められていることに心が否応なしに熱く震える。

男女の交わりは子作りのためだけではなく、愛を確かめる行為なのだとクリスティナは教わった。

まさに、今の行為は、二人の愛し合いなのだ。

(彼の今の衝動が、たとえ偽りでも――)

彼の言葉を信じたい、と思ってしまった。

子供だった頃には分からなかった、あの時に憧れていた恋心が、大人になったクリスティナの中で焦がれるような愛に変わった。

(ああ、好きです。あなたを愛し……あなたに、愛されたい)

込み上げた切ない悲しみを塗り替えて欲しくなって彼の首にしがみついた。

「クリスティナ?」

「……きて、ください。私の中に……」

囁いた途端、中で彼の一部が大きくなった気がした。

腰に回した腕を、不意にアレックスが強く引き寄せた。そして――余裕もない動きで身体を一気に前へと引き上げた。

「あああぁっ」

ずんっと大きな衝撃が奥にあった。

一番強く疼く場所を貫かれて、悦楽に頭の中までかぁっと熱くなった。クリスティナは背をそらし、びくびくっと身体をはねさせた。

「果てたんだね――慣らしでも感じてくれて、嬉しい」

欲情に染まったクリスティナの耳や頬にキスをしながら、アレックスが遠慮もなくなった動きで、今度は最奥を突き上げ始める。

「あ……っん、……ああっ、あ……あっ」

中心を穿《うが》たれ、身体が揺らされている感覚があった。

二人の卑猥な行為に、ベッドがぎしぎしと音を上げている。窓からは陽が注ぎ込んでいるのに、淫らだ。

けれど、まだきつさはあっても、それを上回る満たされた想いがあった。

昼でも関係ない、と。そしてここがどこかなんて頭からも飛ぶ。

「こんなふうに尽くす男は、他にいない。君には、俺しかいない」

腰を振りながら、アレックスが肌に口づけてくる。

その行為が嬉しい。クリスティナはもっとして欲しくて、彼の首に回した腕を引き寄せる。

気持ちよさと、この人に娶られたいという想いが溢れた。

(ああ、この気持ちはきっと『愛しい』だわ)

夢中になって全身で求めてくれる彼が、クリスティナは愛おしくてたまらなかった。

「あっ、あ、もっとしてくれて、いい、ですよ……っ、もっと、もっとしてっ」

行為の熱のせいだろうか。

それとも、とうに考える余裕などなくなってしまっているから？

クリスティナは彼との行為に夢中になった。きつさを紛らわせるように自ら身体を寄せて、首筋や肌を彼に愛撫させる。

「すまないっ、ほんとに余裕がなくて……！」

呻くような声が聞こえた時、アレックスの律動が速まった。

「あっあっ、ああっ、アレックス、さまぁっ」

「クリスティナ、いいっ。気持ちよすぎて腰がとけそうだっ。このままっ、このまま出したい……！」

クリスティナの胸につくほど片脚を押し倒し、またがった彼が、狂暴な熱のまま腰を振り乱した。

彼もイきそうなのだ。クリスティナは脚をがくがく震わせながら、先日は自分だけが達したことを思い出していた。

今日は違う。

一緒に、苦しさから解放してあげられる。

(アレックス様、好き、あなたがいい)

声にならない想いを、クリスティナは彼を抱き締める腕に込めた。

気持ちいいのは彼女だけではない。

彼も夢中になって一緒に果てようとしてくれている。そう実感したら、これまでにない快感の波が彼女を襲った。

「あんっ、あ、ああっ」

高みへと押し上げられる感覚に、考えるどころではなくなる。

アレックスがベッドをギシギシ鳴らすほど、激しく奥を突き上げてきてクリスティナは腰が浮いた。

膣奥がぶるっと戦慄《わなな》く。中の収縮の感覚が短くなった。

(また、あの感じがくるっ……ああ、もう、だめ……っ)

達しそうになったのを自覚した次の瞬間、アレックスが強く子宮を押し上げた。

「あああぁぁっ」

甘い悲鳴を上げ、クリスティナはびくんっびくんっと腰をはねさせた。

「くっ、締まる……っ」

彼が自身を奥へと押し込み、強い締めつけの中でぶるっと腰を震わせた。

熱いものが放たれるのを感じた。

(あっ、あ……こんなに、たくさん……)

それを受け止めてまた軽く達したクリスティナの腰を掴み、彼は止まっては、また彼女の中でしごいて射精することを繰り返した。

達した余韻に感じ入っている間にも、ぐちゅりと腰を回されて彼女は身悶えた。

クリスティナの中に収めきれない欲望が、二人の間をとろりと濡らした。

アレックスのものはまだまだ固さがあった。けれど彼女の限界を察したのか、彼は苦しそうに呻いて引き抜いた。

「クリスティナ」

痛くないように配慮して、くたりと倒れかかってくる。

息も切れ切れの彼女は、目を合わせようとした途端に唇を奪われた。

何か下で、彼がこすり上げている気がする。けれど、はぐらかすように舌を絡められてクリスティナはキスに夢中にさせられた。

(とろけて、しまいそう……)

絶頂した際に意識が遠のくのをどうにかこらえたのに、これでは目を閉じてしまう。

「いいんだ、クリスティナ。あとは俺がしておくから」

ちゅっと唇を吸って、近くから顔を見つめられる。

彼の身体が小さく揺れている。いや、手を動かし続けているせいだ。

「アレックス、様……?」

「うっ」

名前を呼んだ瞬間、彼が不意に身震いした。

温かな飛沫《しぶき》を素早く受け止めた手から、白濁がこぼれ落ちてクリスティナの下腹部に滴った。

(あっ、ご自分で……)

男性がそうするのは初めて見た。いや、彼が覆い被さり下肢は見えないが、先程手で握ってこすっていた光景がクリスティナの脳裏に思い出された。

「すまないクリスティナ、すまない……」

また、アレックスが揺れ始める。

あと少しだけだから、と彼は低く甘い声で囁いて顔中にキスをしてくる。顎、頸筋《けいきん》、鎖骨、胸にも彼のキスは降りた。

胸をふにゅりと押して、舐められる感覚も気持ちがいい。

彼が優しく、愛情深い男女の逢瀬《おうせ》をしてくれているとしか感じなくて――。

(ああ、だめ、瞼《まぶた》が重いわ……)

心地よさにまどろみ、体力の限界を迎えて眠気が襲ってきた。

「いいんだ、クリスティナ。どうぞ眠って」

彼が、好き。

少し熱っぽい低い声に心が震えた。呪いを解かなければ――そんな想いの中で、クリスティナは目を閉じた。

四章

目覚めた時には痛みがあった。

寝室の外を見れば夕刻前で、アレックスが連れて帰ってくれたという。クリスティナは、メイド達に世話をされるのが照れくさかった。

「無理はさせていないようですから、ケアをしてもう一度お休みになれば、お身体もだいぶ楽になっているかと思いますわ」

「ありがとうございます」

まるで奥方のように扱われたのも気恥ずかしかった。

けれど、そう考えた直後に悲しくなった。

(彼女達も……呪いがきっかけであることを知らないから)

胸からずっと下げている妖精石も、お洒落《しゃれ》で上品な飾りだと思っているようだ。もしかしたらアレックスにもらったもの、と考えているのかもしれない。

結局その日は、帰宅したアレックスと顔を合わせないままもう一眠りしてしまった。次に目が覚めた時には朝を迎えていた。

メイド達が言っていた通り、身体の違和感は引いていた。

澄ました顔を装いつつ、どきどきしながら食卓に案内された。

そこには、スワンズに指示をしているアレックスがいた。こちらに気付いた途端、彼の凛々しい顔に軽く朱が差した。

「お、おはようっ」

椅子をがたっと鳴らして立ち上がり、彼が駆け寄ってきて、わざわざクリスティナを迎えてくれる。エスコートする手も優しい。

「そのっ、身体は大丈夫か？」

「あ、ありがとうございます。ええ、大丈夫です」

互いに照れくさい顔合わせとなった。

(意識しては、だめ)

クリスティナは、彼に支えられて食卓に向かいながら自分の心に繰り返し言い聞かせた。呪いのせいで、彼は熱をこらえられなかっただけだ。

勘違いしたりしない。だってアレックス様は、誰よりも紳士的な騎士で——。

(あっ……私は平気だから、なんて考えるべきではなかったわ)

クリスティナは恋心を自覚して、呪いのせいならと言い訳して『今だけは、偽りでもいいから……』と彼と一つになった。

本来の彼だったら、婚前での関係を望まないはずだ。そんな人に、クリスティナは呪いを利用する形でさせてしまったのだ。

「……私の方こそ、ごめんなさい」

なんて身勝手なことを思ってしまったのだろうと、罪悪感に胸が締めつけられた。

思わず足が止まって謝ったら、アレックスに大変慌てられてしまった。

「いやっ、俺の方こそすまなかったっ。その、君は結婚してからの方がよかったよな、その方がロマンチックで……」

「そんなことはありませんっ、とても素敵でしたわ。私の方こそ望んでしまって、アレックス様にご迷惑ではなかったかと心配したところで――あ……」

彼が、目を丸くしている。

咄嗟に口を突いて出てしまった言葉を遅れて自覚し、クリスティナは頬を赤らめた。

「……え、えと、だから、その……淑女として、アレックス様に申し訳なくて」

俯くと、彼が両手を取った。

「夫婦になる間柄なのだから、気にすることはない」

手を優しく支えられて、自然と彼と顔を合わせる形になった。

アレックスはとても嬉しそうに微笑んでいた。本当の恋心だと錯覚して、溺れてしまいそうだ。

時間が、二人の間だけとても穏やかに流れているような感じがした。

「旦那様、立ったままなのもなんですので、ご移動を」

スワンズが小さく咳払いをし、食卓へと促した。

互いに気恥ずかしくなって目をそらし、移動する。

間もなく始まった二人での食事風景も、昨日とは違っている気がした。

濃厚な時間を過ごしたせいだろうか。クリスティナは食べものが運ばれる彼の口や、男らしい彼の手を時々ぼうっと見てしまった。

「クリスティナ、もしきつさを覚えたら遠慮せずに言うんだよ」

「あっ、はい」

大丈夫だとは伝えたのだが、アレックスは食後も安静にしているようにと告げた。スワンズにも、クリスティナのことをよく見ておくようにと指示していた。

その姿に、以前には感じなかった甘い胸の高鳴りを覚えた。

(大切に、してくださっているわ……)

彼への気持ちに気付いてから、そのどきどきはクリスティナを挙動不審にさせて、彼の言葉に易々と従わさせてしまう気がした。

「今日は無理をせず、できるだけ座っていなさい」

「はい、分かりました」

せめて見送りだけでもとお願いし、玄関でまたしてもアレックスの言葉を素直に受け止めたところではたと思い出す。

「あのっ、呪いの解除のことは――」

「気にせず今日は休むんだ。休日だと思って過ごしてくれ」

クリスティナの頬に、彼はほんの少し触れる程度に指の背を滑らせた。

気遣ってくれているのだ。二人で過ごした時の温もりが思い出されて、彼女はまたしてもこくりと頷く。

「は、い。分かりました……」

五年前に会った時と変わらない優しさに、胸が甘く締めつけられた。

それと同時に、出かけていく彼の姿に切なくなった。呪いを解いたら、今の彼はいなくなってしまうのだろう。

（夫になったあの人を、妻として支えていけたら……）

望んでしまった光景に、胸がとても苦しくなった。


彼に言われた通り、クリスティナは一日だけ休みを取った。

それは重い足を前に進めるための、覚悟を決めることに必要な時間でもあった。

「それでは、行ってくる」

「はい、いってらっしゃいませ」

その日も、いつも通りアレックスの出仕を見届ける。

平気だと言ったのに、彼は今日も、家に残すクリスティナのことを気遣いながら出かけていった。

クリスティナは見送る彼の背に、妻として彼を送り出している新婚風景を想像した。

それを重ねて、その未来が欲しくてたまらず、また切なくなった。

恋をしたら、どんどん苦しくなる。彼の気持ちを疑うことなんてしたくない。

「信じ、たい……」

思わず唇からこぼれ落ちた時、後ろの玄関からスワンズが屋敷に戻ると伝えてくるのが聞こえて、きゅっと唇を閉じた。

結婚したいのは、自分の意思だと言ったアレックス。

心に訴えかけてくる声だった。だからクリスティナは——その言葉を、信じたいと思った。

(呪いを、解かないと)

頭にこびりつき、何度も浮かんでくる悲しい可能性を胸に押し込めるように、決めたことを心に唱える。

これは彼女の責任で、やらなければならないことだ。

「昨日話していたように、午後は出かけてきます」

自分に逃げる口実も暇も与えないよう、クリスティナは屋敷の玄関を閉めるのを見届けてすぐスワンズへそう告げた。

「本当によろしいのですか？　お身体は」

「ありがとう、もう大丈夫よ」

異性に聞かれるとさすがに恥ずかしくて、早口でそう答えた。

「キッチンを借りられるか、確認してきてもらってもいい？」

「かしこまりました」

スワンズがいったん離れていく。

──でも、本当に信じていいのか。

一人になると、またすぐに不安が彼女の中に戻ってきた。

呪いを解いたら、クリスティナとの結婚の意思を固めたアレックスの気持ちは、やはり妖精の魔法のごとく消えてしまうのではないか？

（だめ。今は、考えない）

まだ受け止めるだけの勇気もない。自分の気持ちを自覚したばかりのクリスティナは、スカートを持ち忙しなく動き出した。

（まずはアレックス様のために動くことを考えるの）

それがクリスティナのためでもあった。

呪いがかかっている状態では信じてはいけないという家訓と、アレックスだけは信じたいという想いがぶつかり合って、苦しい。

今日、アレックスが帰ってきたら、呪いの解除を再開するのだ。

彼にも協力をしてもらう──クリスティナは、午後に外出する際の着替えの打ち合わせをすべくメイドのいる部屋に足を向けた。

◇◇◇

一昨日、彼女をうっかり美味しくいただいてしまった。

アレックスは結ばれたその日、嬉しさに舞い上がり、そしてクリスティナと別れたあと帰宅するまで強烈な不安で胃がぎりぎりと締めつけられていた。

嫌われたら死んでしまう。

仕事に戻ると浮き沈みが激しいとリアムに一喝され、情緒不安定かと第三部隊のインテリ眼鏡副団長にくどくど責められた。

考えに耽《ふけ》っていてまったく耳に入ってこなかったけれど。

我慢ができなかったのだ。クリスティナが彼のためを想って悩んでくれていた姿は愛らしすぎて、抑えていた愛情が爆発した。

(彼女が俺のことを考えてくれているんだぞ？　たまらんだろう！)

彼女を屋敷に送り届けたのち、すっきりとした身体とは裏腹に、色々と考えて気持ちはどん底まで落ちていったが。

そのうえ、一日に二度もインテリ騎士の副団長にとっ捕まってお堅い演説を聞かされた。

(いや、たぶんあれは説教だった気がする)

目上に対しての礼儀を守りつつ、嫌みったらしく『しっかりしてください』だの『私が尊敬しているお方なのですから』だのと、ツンデレな感じで説教された気がするが、今はそんなことよりクリスティナだ。

帰ったあとに、使用人からクリスティナの様子は落ち着いていると聞いて安心した。

そして再会した翌朝。

『私の方こそ望んでしまって――』

彼の悩みなど、すべて吹き飛んでしまった。

クリスティナ自身が『いい』と思ってくれていたのだ。

愛撫している際の反応から、もしや……と思っていたのだが、どうやらアレックスは夫候補としては合格したらしい。

一昨日や昨日と同じく、今日もアレックスは最高の気分で出仕した。

いつも妄想していたのだが、初めて入った彼女の中は想像を凌駕《りょうが》する心地好さだった。

あんなにも気持ちのいいものだとは知らなかった。

初々しく彼のモノを締めつけてくれるさまも愛らしく、すぐ出しそうになった。

彼のモノは彼女には大きめだったようだが、クリスティナもきつそうながらすべて受け止めてくれた。

そのいじらしい姿にも、きゅんっとした。

気付けば彼は、夢中になって腰を振っていた。最後はただただ本能的に子宮口へ何度も己を突き立てた。

そして、気付いた時には、彼女を孕ませたい気持ちで精を放っていたのだ。

「はぁ……童貞ゆえか」

そこは悔いだった。初めてだというのに、残念なことをした。

「もう少し交わっていられる時間があっただろう……。延長してでも彼女を気持ちよくさせるべきだったのに、俺としたことが」

彼も、情交はあれが初めてだった。

主に参考書を見て、クリスティナにしている自分を妄想していた。

しかし、あの一回でコツは摑めたので、次は大丈夫だ。今度は本番の中でもっとクリスティナを気持ちよくさせ続けて――。

「――おい。おい、そこのストーカー」

ふと、待っていた主の声が聞こえて現実に引き戻された。

「いや、婚約者バカ。頼むから公然と卑猥な呟きはしてくれるな」

声がした方に目を向けてみると、そこにはリアムがいた。

もうそんなに時間が経ったのかとアレックスは驚いた。会談は終わったらしいと気付き、椅子から立ち上がる。

「殿下、何やら悪いものでも食べた顔をされていますね」

近くの控室へ休憩に入る彼に同行しつつ、自分より低い位置にある横顔をうかがう。

「不安が的中して絶賛後悔中だ。婚約の仲人は早まったか……」

「ははは、何をおっしゃっているのですか。殿下のご判断はすべて正しいですよ、自信を持ってください」

「お前のここ数日の陽気さに、ほんと腹が立つ」

ずんずん歩いていくリアムに、待機していた騎士が様子を気にしつつも、控室の扉を開けた。

「アレックス団長、移動を考えますと休憩時間は十分です」

「分かった。近衛騎士隊が到着したら知らせてくれ」

「はっ」

すれ違いざま、なされたその会話にリアムが軽く睨《にら》んだ。

「――ったく、そうしていれば違和感もないんだがな」

何やら気が立っている様子だ。

アレックスは、速やかにやってきたメイド達に気を利かせてそれを伝えた。気分が落ち着くようにとハーブティーが二人分淹れられる。

リアムは、それを若干口元をひくつかせて眺めていた。

「これが必要なのは、明らかにお前だろう」

人がいなくなったところで、リアムが言った。

「俺はだいぶ落ち着いていますが」

「一昨日から今日までの自分の様子を、よーく思い返すんだな」

はて、とアレックスは涼しげに首を傾げる。リアムに許可を受け、向かいのソファへ失礼しますと言って腰かけた。

「お前、自分が満足して、クリスティナ嬢のことを見てやれていないのではないか？」

「唐突ですね」

「私がせっかく場を調えてやったというのに、魔法の件が進んだとは一向に聞こえてこないんだが」

魔法、と耳にしてアレックスははたとする。

(──何か、忘れているような)

理性がぶつりと切れてしまう前、何か懸念を覚えて、胸がざわついたやりとりがクリスティナとの間にあった気がする。

ハーブティーを口に含んだのち、アレックスはティーカップを置いてじっと眺める。

だが、そのあとすぐにリアムの声が聞こえて顔を上げた。

「お前よりも、クリスティナ嬢が頑張っているぞ」

「どういうことです？」

「先程、挨拶のため城に入ったと報告がきていて──」

アレックスは反射的に立ち上がっていた。それを予期していたのか、駆け寄ってきていたリアムが素早く摑んで座り直させる。

「おいっ、護衛対象である私を放って飛び出していこうとするとは、バカかお前はっ」

「挨拶とは俺の騎士団のところへでしょうっ？　彼女のことだから、菓子折りを持ってきているはずで——もしクリスティナが自分で焼いた菓子を持ってきていたとしたらどうするんです⁉　俺だけ食べ損ねます！」

「それをあの一瞬で想像したのか⁉」

再び立ち上がろうとしたアレックスを、待て待てとリアムが全力で押さえつける。

「ったく、彼女のこととなると普段の聡《さと》さも薄れるなっ。もっと他の部分にだな——」

「昨日会った彼女の兄に、焼き菓子もばっちりだと教えられたんですよ！　上手に焼けるそうです！　絶対美味しいに決まっている！」

「菓子の件からはもう離れろ！　きっと婚約者の分もきちんと残してあるだろうっ、彼女はお前と違って、まともでっ、できた人間だからな！」

なぜかこきおろされた。

「とにかくそこに座っていろ」

いいなと念を押して、リアムが疲れたように座り直す。

「それから、考えつくべきはもっと別のことだと気付け。以前も、彼女は婚約を白紙に戻す件で兄に意見を聞きに来ていただろう」

アレックスは、頭が急速に冷えていくのを感じた。

「少し冷静になったみたいだな。いいか、婚約の挨拶に回っている気配もなかったのに、ここにきてお前のところの騎士団に顔を出そうとしているんだ。何か、また相談があるんじゃないか？」

そうリアムに言われて、なぜそこに考えが及ばなかったのかとアレックスは後悔する。

「それに関して、何か思いあたることは？」

「……魔法、ですよね」

記憶を思い出しながら答えた。

「迷いがあるようだとは以前、感じていました」

「浮かれてこの数日は感じなかったというわけか？　なぜ放っておいている」

「いえ、放っておいているわけでは……」

うやむやになってしまった、という方が正しいのかもしれない。

迷っていると強く感じたのは、一昨日だった。しかし初めて二人で達した時、アレックスはクリスティナから不安は消えたと思った。

だから、彼にとっての重要度が下がってしまったのだ。

今は、思わぬ場所で初めてを捧げてしまった彼女を優先すべきだ、と。

『……結婚してもいいと思っている気持ち自体、もし呪いのせいだったらどうしますか？』

それが、彼女が婚約を解消しようとしていた理由だった。

彼女と結ばれたことですっかり浮かれていたが、クリスティナは確かに、彼が呪いで心を操られているのではないかと心配していたのだ。

「心にも魅了がかかっているのではないか、と一度確認されました……」

「なんだと？」

アレックスはリアムへ話しながら、あの日クリスティナ自身の気持ちで迎え入れてくれたことを思い返した。

彼女も望んでくれて、二人で初めての経験をした。

それなのに時々、彼女の美しい顔に陰りが差す気がしていた。あれは気のせいではなかったのだ。

「彼女は、いまだに……その可能性を考えているのでしょうか？」

「絶対にそうだろう」

リアムに断言されて、頭にがつんっと重しが乗った気分になった。

「説得、はしたつもりだったんですが彼女はどうして……」

「クリスティナ嬢は、あの〝悲劇の妖精ローレライの一族〟だぞ。とくに男女関係では慎重になるだろう」

と言われても、それは悲恋の話だ。

「俺は彼女を手放すつもりは毛頭もないですよ？」

アレックスはクリスティナが大好きなので、心配も慎重さもいらない。

そんな彼の思いは筒抜けだったようで、途端にリアムがぴきりと青筋を立てた。

「お前は何も分かっていないな。魔法を解かないと、どうにもこうにもならないかもしれないぞ」

「どういうことです？」

「バカめ、女心が分からないのか？　彼女は、お前の行動もすべて心が操られた結果だと匂わせたんだ。魔法がかかっている状態では、どう説得しようが受け入れないと思うぞ。妖精ローレライ一族には悲劇を生み出さないために、呪いがあれば信じるなという家訓だってあると聞く」

そう言われてようやく、アレックスはあの時に駆られた焦燥の正体を知った。

何を言っても、彼女に伝わらない。

（そうか、それで――俺は信じて欲しくて口づけたんだ）

あそこで触れたら止まれる自信がなかったので、一線を引いていた。しかし触れてしまったことで、理性はもろくも崩れたのだ。

身体を張って、全身で愛していると伝えた。

その気持ちが伝わって、翌日のいい感じの気恥ずかしい顔合わせがあったと、アレックスは勝手に思い込んでいた。

「とすると、何をしても彼女に不安を残してしまうのか？　もし、俺が告白したとしても、呪いのせいで信じてもらえないということに……!?」

アレックスは愕然とした。

「おい、おいちょっと待て、まさかまだ告白していないのかっ？」

リアムが険しい顔で確認してきた。

視線だけでもものすごく非難されている気がして、アレックスは慎重に考えた末に、素直に頷いた。

「そうです」

「バッ、バカか！　このバカ！　呪いで信じてもらえないということも思いつかなかった状況で、どうしてまだそれを言っていない!?　この前、彼女の純潔を奪ったと聞いたばかりだが!?」

「そ、そんなことを言われましてもっ。ずっと好きで見守ってきたと打ち明けて、彼女に幼児好きだとか変態だとかストーカーみたいに思われたらっ」

「お前は元々ストーカーのうえ変態だバカモノ！　今更そう評価されることに怖気づいてどうするっ！」

「ひどい」

彼女の幸せを見守っていただけで、ストーカーの変態ではない。

「ひどいのはどっちだ。私はてっきり、この前の進展を聞いて話していたものだと思っていたぞ」

リアムが深く溜息を吐いて、手を顔に押しつける。

「はぁー、ひとまず今は私との仕事に集中しろ。そして、帰ったら改めてきちんと彼女の話を聞いてあげるんだ、いいな？」

彼のアドバイスは確かだろうと思えて、アレックスは了承した。

そもそも衝撃が強すぎた。まさか愛情の言葉さえも信じてもらえない状態になっていたとは、思ってもみなかったことだった。

彼女が魅了の魔法のことを口にした際に、冷静ではいられなかった。

あれは正しい感覚だったのだ。彼は、もっと深刻に受け止めるべきだった――のかもしれない。

(呪いを解くことに、集中しないといけないみたいだな)

彼女と、心も結ばれるためにも。

そのためには、今日にでも本腰を入れて話そうとアレックスは決めた。

◇◇◇

クッキーを焼いたあと、クリスティナは屋敷の馬車で城へと向かった。

アレックスを知っている部下達から話を聞くのは名案だと思えた。そして、呪いを解くための涙を流す案も聞ける。

(人がいるところは怖いけれど、そんなことを言っていても始まらない……っ)

彼女の決意は本物なのだ。まずは、涙を流す方法を考えなければ。

「本当に大丈夫でございますか……？」

下車を手伝ったスワンズが、少し不安そうに確認してくる。

クリスティナのことは、屋敷の主人であるアレックスから色々と聞いているのだろう。同棲してからも友人を呼ぶことさえなく過ごしている。

「ええ、大丈夫よ。ごめんなさいね、つき合わせてしまって」

「私がついて行きたいと申し上げましたので」

未来の奥様に何かあっては大変だから、というのが理由だろう。

事情を知らない使用人達を、護衛代わりに何人もつけられる方が心苦しいのでクリスティナにもありがたい申し出だった。

婚前同棲している婚約者が、職場に挨拶するのはおかしくない。

城の受付はその理由ですんなり通れた。居合わせた近衛騎士が、親切にもアレックスが所属する城の騎士団まで案内してくれる。

騎士団は、軍区と呼ばれる場所に詰所が設けられていた。扉を開けるとサロンがあり、一部に事務用のエリアが設けられ、そして執務室や応接室へ続く扉があった。

騎士達はクリスティナの来訪に驚いていた。

「初めまして。こちらでお世話になっているアレックス・グレアム騎士団長様の……婚約者の、クリスティナ・トリントと申します」

呪いを解くための婚約だったので、自分からそう口にするのは気が引けた。

「本日はご挨拶も兼ねて、クッキーを焼いて持ってまいりました」

「そう、でしたか。えっと……」

彼らが、揃ってごっくんと緊張したように喉を鳴らす。

「ご迷惑でしたか？」

「いえまさかっ！　団長が不在時のご来訪だったので、その、もしや……婚約関係のお悩みでいらっしゃったのかな……とか？」

質問してきた騎士に、緊張気味に恐々とうかがわれる。

「いえ、呪いの解除のことで少しご意見をうかがいたいことが。それから普段のアレックス様のご様子も知れたら、と思いまして」

彼らがほーっと息をもらした。

それについてクリスティナが不思議に思っていると、彼らにどうぞと促されてソファ席に移動する。

彼らは紅茶を出すと、最近のアレックスについて教えてくれた。

元々堅実で仕事熱心な人で残業も平気だったそうだ。しかし婚約してからは帰りが遅くならないようにしているので、部下達としては健康面を考えると安心しているところではあるらしい。

(毎日決まった時間に帰宅してくれるのは、私がいるからなんだわ……)

クリスティナはどきどきしてしまった。

それでいてアレックスは騎士団長であるのに、どうやら社交に関わる警備業務にも直々に参加していたらしい。

「騎士団長様としてもお忙しいのに、警備現場にも？」

「うっ、それは……」

「本当に仕事熱心であらせられますのね」

「そ、そうです。ほんと仕事熱心な男でして。うん、別にあやしい理由なんてこれっぽっちもないですからね！」

　彼らはなぜかそう念押ししたうえで、アレックスはクリスティナとの結婚に実に前向きであり、毎日活き活きしているのだと全員で強調してきた。

(彼らもこのまま結婚して欲しいみたい……？)

　三十歳の独身上司によきご縁、とリアムと同じ感想を抱いているようだ。

　誰も、今の彼の様子に違和感を抱いてはいなそうだ。精神への呪いの効果は、早く帰りたがるという部分に少し出ている感じなのだろう。

(アレックス様はお仕事ができるお方なのね。精力的にこなしていらっしゃるらしいから業務に支障が出ていないのは安心したけれど)

　やはり、肉体面以外にも呪いの効果が表れているのかと、クリスティナは知らされた気がして落ち込む。

「ところで、呪い関係でクリスティナ嬢が聞きたいこと、というのは？」

「あっ、実は、アレックス様に涙に触れてもらって、解除を試してみようと思っているのです」

「なるほど。殿下からは、この件は団長に一任しているお聞いていたのですが、クリスティナ嬢自身も涙を流す方法を模索中なんですね。お疲れ様です」

説明を受けていた際、一部の騎士たちは同席していた。

その後のことについても、リアムと共有されてはいるようだ。

「いえ、色々あってまだ進んでいなくて……」

女性を弾いてしまう症状よりも、深刻なことが密かに進んでいる。

偽りの好意。そして媚薬のような興奮効果――アレックスの名誉のためにも婚前同棲の内情は言えない。

「皆様には、ご迷惑をおかけしていると思っています。進展がなくてごめんなさい。不安になりましたでしょう？」

呪ってしまったクリスティナが全面的に悪い。一心に詫び、心配になってうかがうと騎士達は揃ってきょとんとする。

「いえ？　団長もノリノリで仕事をしてくれていますし。何かあってショックを受けて使いものにならなくなる方が問だ――がぼっ」

クリスティナは「え？」と返した。

向かいのソファに座って話し相手になっていた騎士が、後ろから口をふさがれ、同僚達に引きずり出されていた。運ばれていく彼を隠すように立ち、周りの騎士達が「なんでもありません！」と必死に言ってきた。

「それでっ？　我々に意見を聞きたいのは、涙の件でしょうか⁉」

「え？　ええ、そうですね、涙を流さないと呪いを解くことも試せなくて」

呪ってしまったことについては、責任を持って解除するつもりだ。クリスティナは背を伸ばし、緊張気味に尋ねる。

「何か、涙を流す方法でいい案はありませんか？」

一族の妖精の性質持ちは涙が出にくい。そのチャンスを得るためにも婚前同棲しているのだが、まだ一度も試す機会が訪れないでいることを改めて相談した。

すると、聞き終わった途端なぜか全員、揃って手を前に出した。

「泣くのは危険だからやめた方がいいです」

そもそも泣くための案をもらいたくて話したというのに、なぜだか止められた。

「あの、妖精ローレライは涙で魔法が……」

「団長と一つ屋根の下でしょう？　涙顔は避けた方がよいかと」

「そうですよ。泣くところなんて、まさに団長の大好ぶ――っ痛い！」

先程向こうへ連れていかれた騎士が、丸めた書類で発言した騎士の頭を軽快な音を立てて叩《たた》いていた。

「クリスティナ嬢お気になさらず！　つまりですね、ええと、ほらっ、団長って紳士ですし、女性を泣かせるのはあまりしないかなーっと我々としては思ったわけですよ！」

そばで騎士達が「苦しい言い訳だ」などとひそひそ言っているが、クリスティナは確かにと考え込んだ。

アレックスは、女性を泣かせることは許せないようだ。初めてリアムに呼び出された際にも反対だと言って止めていた。

「ちなみに、このことは団長には相談したんですか？」

「一度ご相談はしました」

騎士達が揃って「ひぇ」と口に手を添えたり、一歩後退したりする。

「あ、あの、なんと言ってご相談をされたかよろしければ教えていただいても……？」

「私を泣かせてください、と」

「ひぇっ。そ、それで、だ、団長は」

なぜか尋ねてきた彼の手がひどくガタガタ震えている。

「あ、実は保留になってしまったのです。その……私が、ちょっと体調がよくなかったもので気にして待つことにしてくれたのかも」

思えばあのすぐあとで、呪いが影響してアレックスの性欲部分が彼の意思に反して勝手に反応してしまうという困った状態になっていると発覚したのだ。

（初めて最後までしてしまった時もひどく興奮状態だったけれど……できるだけ、優しく抱いてくださったように思うわ）

あの時、汗を滴らせながら見下ろしてきたアレックス。

腰を揺らしながらも気遣う眼差しで覗き込み、クリスティナが気持ちよくなっているか確認した。

『とても素敵でしたわ――』

抱かれた翌朝、彼に咄嗟に告げた言葉。

あれはクリスティナの本心だった。魔法だと分かっているのに、求められたら抗えないから、早くこの関係を終わらせなければと焦っている。

(――ああ、彼が、本当に私の夫になってくれる相手だったのならよかったのに)

初めて憧れを抱いた男性が、大人になって目の前に現れた。一人の女性として惹かれずにいられないはずがない。

「まぁ、急に同棲となると緊張から体調を崩されてしまうこともあるでしょうね。今は大丈夫なんですか?」

騎士達が納得し、一人が確認してくる。

「あっ、はい。環境の変化が原因のようでしたので、今はもう大丈夫ですわ」

「それで腰を据えて、改めて団長と解除のことを話そうと思って我々に意見を求めにきたわけですね。物理的な方法で流すのでは魔法の涙にはならないと言いますし、難しいところですよね」

彼らも、女性を泣かせるような案は出てこないと謝ってきた。

「いえ、騎士様達にそんなことを聞く方が失礼でしたわね」

「話されて少しでもすっきりしたのなら、俺らでも役に立ったと思えますよ。また来てくださってもいいですし」

　すると、一人の騎士がにこっと笑った。

「でも大丈夫ですよ。悩んでいる時こそ、団長はクリスティナ嬢の一番の味方です。彼を、どうか信じてやってください」

　それを聞いて、クリスティナの心に突風が吹き抜け、余計なものを削ぎ落としていったのを感じた。

（そんなことを騎士様達に聞く方が失礼だと、私は自覚していた……）

　今日は、ただ話を聞いて欲しくて来たのだと悟った。

　クリスティナは、アレックスに恋をしてしまった。何がなんでも涙を流して、魔法の解除を試そうと決心していた。

　それは――そばにいたいから。

（私は……アレックス様という人間を信頼して、信じているの）

　誰かに頼まれなくとも知っていることだった。

　もし涙を流せたら、もし魔法の解除が成功したら、と課題だらけでまだ頭の中もごちゃついていて、その先のことがまだ明確に決められていなくて――。

　でも騎士に彼は一番の味方で、信じてと言われて思い出した。

　アレックスは魔法にかかる前から、誠心誠意向き合ってくれる人だった。

　彼の今の気持ちが消えたら、『少しずつ関係性を作っていきませんか？』と勇気を持って自分から彼にお願いして、婚約者同士として改めて向き合ってみる。

だから今日、クリスティナは頑張らなくてはならないのだ。

「はい。皆様が信頼しているあの方は、私に信じてくれと言ってくれました。……勇気を持って、私も一族の呪いに向き合おうと思います」

魔法がなくなってしまったら、二人の間に感じていた愛情は消えてしまう。

それが怖かった。

偽りだと分かっているのに、失うのが恐ろしい。だから勇気の材料が欲しくて、魔法がかかる前の彼を知って心構えがしたくて、今日ここへ来た。

「今日アレックス様とお話をしようと考えておりました。皆様とお話しできたおかげで臨めます、ありがとうございます」

頭を下げたクリスティナに、騎士達が顔を見合わせる。

「涙に触れさせるとはいえ、泣き顔で迫るとぱくりといかれる想像が……」

「大丈夫なんかな。そのへん殿下に何も聞いてないんだけど……」

「はい？」

「あっ、なんでもないです！」

クリスティナが視線を上げたら、彼らが大急ぎで両手を振った。

「突然でしたのに、今日はありがとうございました。方法については、アレックス様も知恵を貸してくださると思います」

クリスティナは礼を言ってそこを出た。廊下でスワンズが待っていて、帰りは来慣れた彼に案内されて馬車まで向かった。

(彼は、出会った時のことを覚えてくれていた……)

もしこの婚約が、彼が少しでも好感を覚えてくれていて、縁として繋がったものだとしたら――。

歩きながら、そんな夢みたいなことを考えてしまいそうになる。

(それは私が……このまま結婚して、彼と、よき夫婦になりたいと思ったから)

呪いがかかった状態では信じない、期待してはいけない。

そんな家訓に背いて彼を愛してしまった。縁もなかった二人の状況に戻すのが正しいが、今は少しだけ、望む恋のために逆らうことを許して欲しいとクリスティナは思った。

五章

その日の夕刻、クリスティナはアレックスを出迎えた際、解除のことについて話がしたいと伝えた。

彼は止めるかも……待っていた間に起きたそんな心配は、杞憂《きゆう》に終わった。

「いいよ」

アレックスは、彼女の意思を汲《く》み取ってくれたみたいに、優しくも頼もしい顔でそう言って頷いてくれた。

（——嬉しい）

すぐ、一言で了承してくれた。

以心伝心なんてクリスティナの錯覚でしかないのに、胸は甘く疼いた。そのうえアレックスは、協力するとまで約束してくれたのだ。クリスティナは、夕食後は二人きりにして欲しいとスワンズに頼み、食事を終えたあとアレックスと二階の共同私室へ移動した。

「今日、涙に触れて解除の言葉を試すまで、進みたいと思っています」

外はもう夜へと変わろうとしていた。

窓はカーテンが閉められ、二人が座る一人がけソファと小さな円卓を、室内の灯りが照らし出している。

「そう、か」

アレックスは何か言おうとしたみたいに口を開くが、視線をそらした。

「……その、涙を流す方法は考えたのか？」

数秒ほど躊躇うような間を置いて、彼が尋ねた。

悩んでいたのを覚えてくれていたみたいだ。今日もまた、彼女は王城から帰ってからまた長らく悩んでいた。

「えっと、考えついたのは、やっぱりこれで……」

強い姿勢で切り出したばかりで気が引けつつ、クッションの下に隠していた〝策〟をおずおずと両手で持ち上げた。

それは子供向けの感動本だった。帰宅の道中、スワンズにお願いして、馬車を書店へ立ち寄らせてもらい数冊購入したのだ。

大人なのに、子供用の絵本というのも恥ずかしい。

クリスティナは本で顔の下を隠したまま、言い訳をする。

「こ、これは最終手段に取っておこうかと思って購入したんです。ええと、本を取りに行くためだけに実家に戻るのもあれでしたし……」

短い文章のものを買おうと考えて書店に入った。

しかし魔法のあれやこれやを隠しながらの説明が追いつかず、店員に小さな弟がいるのだと勘違いされた。

わざわざ数冊選んでくれた親切を断れず、そのまま購入した。

アレックスが帰るまでに、何か考えつかないかなと思って努力はした。けれど結局何も思いつかなかったのだと彼女は打ち明けた。

「もう、これしかないなと思って……」

だめだっただろうかと心配になって、上目遣いにちらりと見つめ返す。

アレックスが、素早く顔の下を手で力強く覆い隠した。

「かっっっ……わい、んんっ」

噛んだようなくぐもった声が、クリスティナの耳に聞こえてきた。

「どうかされましたか？」

「い、いや。なんでもない、続けて」

仕切り直すように姿勢を正し、彼がどうぞと先を促す。

「感動本を読むことですけれど、私は涙が出にくいのでうまくいくかどうか……失敗してしまったら、ただただアレックス様のお時間を取らせてしまって終わることになりますし。他に何か案があれば、お知恵をお借りできないか、とも思っています」

実を言うと、アレックスを前に読書するのは緊張する。

「涙が出ないことには、呪いを解除する言葉を試すこともできませんし」

「確かにそうだよな」

アレックスが表情を引き締め、顎に手をあてて円卓に視線を落とした。

「俺も城で資料などを見直したが、妖精ローレライの涙は感情が込められたものでないと効力がないんだったな」

「え？　あ、はいっ」

「それで君は感動して涙を出そうと考え、本を……短い文章なら詩集という手もありそうだが、俺はこの手の社交話も得意ではなくてな。少しは頭に入れておけばよかったな」

彼が真剣に考えてくれている。

その頼もしさにもクリスティナの鼓動が速まった。

（もしかして予習をしてくださったの？）

先日、その話を切り出したきりで終わってしまったと思っていたが、どうやら彼も考えてくれていたようだ。

このクリスティナに対する優しさは、魔法による好意が強めているものなのだとしたらと想像すると、悲しい。

また惚れ直してしまったのを感じた彼女は、切なくなった。

すべてが元に戻ったら——好きになった分だけの悲しみが襲いかかってくるのだろう。

「クリスティナ？　どうした？」

「あっ、いいえ、なんでもっ」

持ちっぱなしだった絵本に気付き、それをテーブルに置くことを理由にしてぱっと目をそらした。

だが、彼は異変を察知してしまったようだ。

「なんでもない顔には見えない。解除のことを考えて不安にでもなったか？」

アレックスが一人がけソファのそばへ来た。クリスティナの前で片膝をつき、心配そうに手を握る。

少女だった頃とは違う気持ちの強さに、彼女は悲しみが増した。

（──これも、呪いだわ）

「不安にならないで欲しい。君は、何も不安など抱かなくていいんだ」

「私、不安なんてありませんっ」

クリスティナは優しい声がけに胸が苦しくなって、俯いた拍子に彼の言葉を遮るような速さで反論してしまった。

「……俺の言葉は、信じられないか？」

聞こえてきた弱々しい声に、ハッと顔を上げた。

こちらを見つめているアレックスは、傷ついた顔をしていた。そんな表情をさせたかったわけではないのにと、クリスティナは後悔する。

魔法が解除されれば、元に戻るだけだ。呪いをかけてしまった迷惑を考えれば、かかわりがなかった頃に戻して離れるべきだろう。

だけどクリスティナは、一からまた関係を築けないか足掻《あが》こうとしている。

(――不安だったら、あるわ)

彼が受け入れてくれるのか、不安だった。

魔法が解けた時に、そういう対象ではないとはっきり断られる可能性だってある。

「魔法がなくなれば、結婚なんて取りやめになってしまうと？　それを思い悩んでいるのか？」

かける言葉に悩んでいたクリスティナは、言われた言葉に心臓がはねた。

見透かされている。視線を下ろしたら、顔を両手で上げられて彼と目を合わせられて呼吸が止まった。

「俺は、君と結婚すると告げた」

「で、ですが、それは……」

「取りやめにはならない。君が望むのなら、今、それを証明する」

え？　と思った時には、そのままアレックスに奪われていた。

また、キスだ。クリスティナが舌先に触れられてびくっとした拍子に、彼が開いた口へ舌をねじ込んできた。

「んっ、ン」

彼のキスは荒々しいというより、情熱的だった。積極的に舌同士を絡め合わせ、口内にまんべんなく触れてくる。

触れ合ったことを覚えている身体が、あの時と同じ情熱的な口づけにとろけていくのを感じた。

（だめ……今日は、解除を進めなきゃ）

キスをされていることに心が震える。

彼と愛し合ったのはたった数日前で、記憶はまだ鮮明だ。クリスティナは流されまいと彼を引き離そうとした。

「んんっ」

だが、腰に腕が回って引き上げられ、立たされて噛みつくようなキスをされる。

繰り返し唇を重ね合わされる。まるで、好きだと伝えてくるみたいに。

「はぁっ、治療を……んっ、ん……んぅっ」

密着し合った身体が揺れている感じがあった。

彼のキスがあまりにも激しいせいだ。

アレックスは快感から逃げるクリスティナの身体を拘束し、キスで、その熱量で、全身でこんなにも想っているのだと伝えてくる。

「俺としても、呪いをすぐにでも解かなければならないと分かった。伝わらないというのは、こんなにも苦しい」

彼が、何を言っているのか分からない。

「んんっ」

　キスをしながら彼の手が背と腰を荒々しく撫で、何をしようとしているのかだけは理解した。

「……それならやめてくださいっ」

　クリスティナは両手で拒絶した。彼を引き離すのは、胸が引き裂かれる思いがして目を見られなかった。

「クリスティナ」

「わ、私は、アレックス様のことを考えてっ、本気で呪いを解こうと思って今日あなた様を待っていたんですっ」

　俯き、彼を引き離した手にもっと力を入れる。

（こんなことでも、涙は、出ない）

　つらくてこんなにも苦しいのに、泣きそうだと思っても自分の涙腺が緩む感じもないことにも、クリスティナはショックを受ける。

　その時、手が大きな熱に包まれた。

　ハッと顔を上げて初めて、クリスティナは彼の胸板を叩くように押しつけている自分の拳に気付いた。

「ご、ごめんなさいっ」

「いいんだ。全然、痛くない」

　慌てて離そうとしたが、アレックスが上から優しく包み込んでくれていた。

「子供ができたとしても、俺は困ったりしない」

これから彼が『証明』でしようとしていたことだ。

愛し合いだけでなく、そういう目的でするつもりだったのだと気付かされて、クリスティナは真っ赤になった。

「そ、それでは、先日のことも……」

「あれも、そのつもりで君とした。だから避妊などしなかった」

直球的に告げられて、耳がカッと熱くなる。

「クリスティナは、俺が嫌か？」

彼が視線を上げさせるように手を持ち上げて視線を上げさせ、見せつけるように手へキスをした。

（そんな言い方、ずるい——）

答えずにはいられない質問をされて、彼女は熱いくらいに高鳴る心臓の音を聞きながら、声を絞り出した。

「……嫌、ではありません。でも、アレックス様が困ってしまうんです」

「俺は困らない。結婚する仲じゃないか」

切なげな声で訴えてきた。そうなるかどうかは分からなくて黙り込むと、彼が苦しげな吐息をもらす。

「そうだよな、俺の言葉は信じられないよな……」

「そ、そういうわけではありませんっ」

「分かってる。魔法があるから、だろう？　君から、嫌という言葉が発せられなかっただけでも猛烈に安心した。俺としても、すぐに魔法を解いて君を安心させてやりたいと思ってる」

「なら、放して――」

「これは呪いを解く行動になる」

「え……？」

よく分からず真意を探ろうとすると、彼が安心させるように微笑んだ。

「協力すると言っただろう？　君の先程の答えを聞いて考えた。君が望む通り涙を流させよう。――その方法なら、ある」

彼が大きな手で、クリスティナの頬を撫でてくる。

クリスティナは緊張した。これまで彼に力強くそう言われたことはなく、彼の赤い瞳の奥には情熱が宿ったままだったから。

どうにか冷静な表情でいようと努めているけれど、彼は欲しくてたまらないという大人の男性の顔をしている。

「……でも、どうやって？」

緊張気味に問い返すと、アレックスの真剣な顔が近づいた。

「もう一度確認したい。俺からのキスや、身体を触られることは嫌ではないな？」

「え？　あ、はい」

勢いで頷いてしまったが、赤面する暇はなかった。

「それなら、遠慮なく続きをさせてもらう」

「……つ、づき？」

思ってもいなかった続行宣言に、思考が固まる。

「妖精ローレライの涙は、心が伴った身体の反応――なら、涙が出るほど気持ちよくなればいい」

そう言ったかと思うと、アレックスはクリスティナを抱き上げた。

「あ、あのっ、アレックス様」

「寝室に移動する。ここだと、君も安心してできないだろう」

急ぎ足で彼が歩き出した。

心臓がばくばくして言葉が出てこない。安心とか安心じゃないとかそういう問題ではない。

（つ、つまり、ベッドで……）

淫らな行為の中で、涙が流れるのを待つ。彼がしたとは思えない提案に混乱もしている。

「ほ、本気ですか？」

「本気だ。君が嫌じゃないのなら、俺がベッドで泣かせたい」

普段の彼らしくない言葉が返ってきて「ひぇ」と声がもれる。

媚薬のような効果が出ているせいなのか。いつもと違って強引な彼に、クリスティナの心臓はいよいよどっどっと激しく鼓動した。

先程のキスの続きをして欲しい——そんな気持ちから胸がときめいているのだと分かって、彼の言う方法を試してみたい本心に赤面しつつ大人しく運ばれた。

間もなく、ベッドがある部屋へと到着した。

クリスティナをベッドに横たえると、アレックスが急ぎ軍服のジャケットを脱ぎ捨てていく。

「ア、アレックス様」

「いまさら無理だと言われても、止まってあげることはできないぞ」

「む、無理だとは思っていません。その、試してくださると言うのなら、お任せ、したいと思っています……」

「そうか、よかった。君を泣かせられると期待して、もう、君の涙が見たくてたまらないんだ」

ネクタイを引っ張りながら、彼が乗り上がって、待ちきれない様子でクリスティナと再びキスを交わした。

「んぅっ、んっ」

舌をこすられ、引っ込めようとすると奥から引っ張り出される。

キスに夢中になっていると、のしかかった彼に身体を性急にまさぐられて、頭の中までかっと熱くなってきた。

（いつもより激しくて、くらくらする……）

彼の体温は高くて、先日と同じく昂《たかぶ》っているのを感じた。

涙が見たいなんて変なことを言ったのも、媚薬みたいな効果が出ているせいだろう。それからこの方法だって――。

でも、彼に従っていれば大丈夫だ。

淫らなキスにそんな安心感が込み上げて、それでも涙を流させようと協力してくれている彼の、欲情の苦しみを少しでも軽くしてあげたくて、つたなくも舌を伸ばした。

「はぁ、クリスティナっ」

ドレスを乱されながら、彼と貪るようにキスをし合った。

不意に彼がベッドの上で抱き締め、余裕もなく首にキスをしてきた。

「あぁっ……あ……」

吸いつかれ、熱い舌でねっとりと舐められるたび身体がびくんっとはねる。

初めての時は戸惑いしかなかったけれど、今ならそれが快楽によるものだと分かる。キスで感度が高められて気持ちがいい。

太腿の内側が疼いて、つい膝頭をすり合わせた。

「気持ちがいいのか。ああ、俺も興奮しすぎて痛いほどなのに、いつも以上に気持ちよく感じている」

肌を舐めたり吸ったりしながら、彼の手がドレスをまさぐった。

「ひゃ、あっ」

脱がしていきながら待ちきれない様子でドレスの上から胸を握られた。盛り上がった頂きをつままれてこすられる。

「んっ……は、ぁ……っ」

「ここも、感じるか」

身悶えした際に妖精石のネックレスがちゃりっと揺れた。

いつの間にか、胸の谷間がだいぶ見えていることに気付いた。見下ろすと、すでにしめつけが解かれている。

身体は頼りなく下着をまとっているだけだ。

どうやら口で衣装を乱しているようだ。アレックスが胸を手で愛撫しながら、徐々に徐々に下へと向かってキスしていく。

クリスティナが顔を持ち上げた時、彼の手が緩んだ襟の隙間へと滑り、乳房を揉んだ。

「あっ、あ……あぁ」

胸を直接触られて上下に揺らされると、いやらしい気持ちが下腹部から込み上げた。

アレックスが体重をかけて腰を密着させた。

（あっ、脚が……）

その時になって初めて、クリスティナは太腿を大きく開かれていることに気付く。スカートは機能を果たさず、腰までまくれて白い肌が見えてしまっている。彼が間にいるせいで脚が閉じられず、快感を逃がしきれないのも困った。

「はっ、ン……アレックス様、あの」

「誤魔化さないで、感じて」

唇を塞がれた。くちゅくちゅとキスをされながら、胸ごと身体を揺らされる。ドレスがはらりと下に落ちていくのを感じた。

性急だった。それなのに、触られるのは全部上半身だと気付く。

「んんっ……んっ……」

これまでみたいに、彼は疼いている下の部分を触ろうとしない。

そこは彼の体温が被さっているだけだ。

けれど、揺さぶられる感覚がそこへも確かに響いていて、じりじりと悦楽が腹の奥にたまっていく。

知らずクリスティナの腰は揺れた。彼の身体に、太腿の付け根をこすりつけた。

「まだだっ、もう少し――」

アレックスがキスの合間に呟いた。逞ましい身体で一層強くクリスティナの腰を押さえつけると、大きな手で太腿をすりすりと撫でる。

（だめっ。そこを撫でたら、内側に響いて）

太腿の柔らかな肉が動くと、ぴたりと閉じていた蜜口が動かされて開き、濡れた花弁をひくひくと喘がせる。

つい、太腿で彼の身体を挟んだ。

シャツを摑んだが、彼はキスも愛撫も止めてくれなかった。一番疼いている箇所を避けるように身体を触っていく。

「ふっ、んんぅっ、ン、んんっ」

疼きが強まっていくのが耐えられない。

腰を浮かせて身をよじったら、アレックスが唇を離した。

「そろそろ脱がす」

そう伝えたかったわけじゃない。それなのにキスで舌が痺れて言えないでいる間に脱がされ、下着だけになってしまう。

彼もシャツを脱いだ。逞しい男の腹筋が見えてどきりとした直後、すでにベルトがなくなっているズボンにハッと目が吸い寄せられた。

乱れたズボンから、男性用の下着の一部が不自然に膨らんで飛び出していた。

「見苦しくてすまない。苦しくて」

再びのしかかられると、薄い下着越しに彼の体温を生々しく感じた。

「あの、……全部脱がなくていいのでしょうか？」

クリスティナも、彼のために〝する〟と覚悟を決めていた。アレックスのそこは大きくなってかなり苦しそうなので、心配になっておずおずと確認した。

その途端、彼が両手を左右について小さく呻いた。

「くっ——今は、まだ」

何やら、こらえるように数秒ほどじっとしたのち、彼が下着の上からクリスティナの身体をゆっくり愛撫し始めた。

肌が透けそうなほど薄い布越しに、唇で吸いつき、衣擦れの音を立てて手を滑らせ、胸の形を変える。

「……ああ……あっ……」

彼は、クリスティナの官能を徐々に高めていった。

やけにじれったいゆっくりとした動きで、快感がじりじりと積み上げられていく。いつもより身体の奥が物欲しそうに疼いて、すぐにたまらない気持ちになってくる。

肌が薄っすらと桃色を帯び、吐息が湿った。

「あっ、……あ、あぁ……ン」

アレックスの舌が、下着の上から乳輪に触れない距離で乳房を舐め回している。

そこはすっかり唾液に濡れて、乳首が透けて見えた。

これでは下着も意味をなしていない。白い裸体に布がくしゃくしゃに乱れてまとわりついている光景の方が恥ずかしくなってきた。

「んんっ、もう、いいですから」

太腿の付け根が、下着の布がこすれるだけで疼いてびくびくっとする。

「君がそう言ってくれるとは、随分効いているらしい」

「効く……？　ひゃあっ」

アレックスが胸の頂きを咥えた。ようやく触れてくれたと思ったそこから、びっくりするくらいの甘い痺れが起こった。

「ふぁ、あ……っ」

びくびくっと身体が震えると、今度は痛いくらい吸い上げてくる。

「んんんっ、ひ、やぁっ」

刺激に固くなり出した乳首を、こりこりと舌でいじられるのもたまらない。下着とシーツのこすれる感触もあいまって、いつもと違う快感があった。

「気持ちいい？　甘ったるい声がたまらないな……気持ちよくする方法なら頭に入っている。焦らすと、もっと気持ちよくなるんだ」

「あっ……ン……焦らす？　んんっ」

執拗《しつよう》なくらい胸ばかり強く刺激された。散々舐められ、下着越しに握られて乳房を激しく揺さぶられる。

こすりつけられる彼の身体に、余計脚の付け根が熱くなった。

そこに、触って欲しい。クリスティナはそんな欲望を自覚した。濡れてひくひくとしているそこが、彼との触れ合いを求めている。

「あ、あ、……あぁっ」

愛撫しながら、時々彼の手が下腹部の近くまで滑った。

そうするとクリスティナの身体は、驚くほどびくびくっと震えた。

「ひんっ」

身悶えした際、じゅんっと奥が濡れる感じがして腰がはねた。

彼には唾液で濡れた乳輪だけでなく、脚の付け根の大事なところの〝しみ〟も見えているだろう。羞恥で泣きたくなる。

「お、お願い、もう」

「ぐっ——だめだ、俺を煽《あお》らないでくれ」

アレックスが低い吐息をもらした。クリスティナは彼に腰を摑まれ、少し尻が浮く。

（えっ？　何？）

すると、疼き続けている蜜口へ熱が押しあてられた。

それは、ズボンから突き出たアレックスの下着だった。

彼の先端部分は、クリスティナと同じく濡れていた。くちゅっと互いの布が重なった瞬間に、びくびくっと震えるのが伝わってきた。

何をされるのか分からなくて、見入ってしまう。

アレックスが腰を上下に動かし、自身の突起でゆっくりこすり始めた。

「あ……っ、あぁ、あっ」

こすれると快感となって、クリスティナの身体の芯まで響いてきた。

薄い下着越しに性器同士がこすれ合う。それは初心《うぶ》な彼女には卑猥な光景だった。

「ア、レックス、様……ふ、ぅんっ」

触れた下着同士が衣擦れと粘着質な水音を立て、アレックスが上下に動かすたびに、柔らかくなった蜜口から愛液が溢れ出る。

全身を揺らされて、彼女はたまらず汗ばんだ手の甲を口にあてる。

二人のものは布一枚で覆われているが、大きく開脚したクリスティナに彼が腰を密着させる構図は、まさに愛し合いだ。

挿《い》れているわけでもないのに、シしている時みたいないやらしさがぞくぞくと彼女の下腹部から込み上げてきた。

「クリスティナ、気持ちいいか？」

腰を揺らしながら、彼が喘ぐように言った。

確かに気持ちはいい。けれど奥にはもう十分なほど快感が集められていて、そこがとても疼いているのだ。

達したいと、中がひくひく収縮しているのを感じた。

「でも、物足りないみたいだな？」

意地悪にも覗き込まれたクリスティナは、すでに察せられていると分かって頬を染めた。

「言ってごらん。そうしたら君の希望を、俺が叶えてあげられるかもしれないだろう？」

躊躇ったものの、奥の切ない疼きは増すばかりで口を開く。

「そ、その……奥が、変なんです」

「どんなふうに変な感じがするのか、分かるか？」

　意識すると、中が何かを締めつけたいとうねって動いているのが分かって、恥ずかしさが募った。

　すると、アレックスが上下運動を少し速めた。

「あっ、んんんぅ……っ」

「びくびくして、可愛い。我慢しなくてもいいのに」

「そ、そんなことを言われても、困ります」

　可愛い、と言われて疼く奥がきゅうっと収縮を強める。

「『困る』か、――困らせたいな。君がそんな顔もするとは知らなかった」

　どんな顔だろう、とクリスティナは疑問に思う。

　けれど、中途半端に熱を高められたままで続けられて、うまく考えられない。のけぞったら、ネックレスの石がシーツに落ちて小さく澄んだ音を奏でる。

「……あぁ……あっ……は、ン」

　前回はすぐに挿れてくれたのに、今はその気配がない。

　甘い痺れが溜まっている感じがあるのに、達するにはやはり足りなくて、クリスティナはたまらず言った。

「こ、この前みたいに、あっ……ん、奥まで、触って欲しくて……もう、挿れても大丈夫だと思うんです」

「つまり、俺が欲しい？」

恥ずかしすぎたが、じっと見つめてくる彼の視線にこくりと頷く。

「…………欲しい、です……」

アレックスが息を呑んだ。余裕そうに見えた彼が、突然太腿を広げて押さえつけると、ベッドを軋《きし》ませ強く自分の腰を押しつけてきた。

「ああぁっ」

彼の体重がかかっただけで達しそうになって、クリスティナはのけぞった。

けれど、アレックスはそこで動いてくれなかった。快感の波は、やはり小さくなっていってしまう。

「ア、アレックス様、やぁ、もう、いいでしょう……？」

「だめだ、すぐには触らない。それなら泣くかもしれないよ？」

彼の方もきつそうな顔をしているのに、体重をかけてじれったいほど小刻みに揺らしてきた。

「あっ……ゃだ、だめ……」

またしても、あの身悶えする快感がぐぅっと奥から込み上げてくる。

「大丈夫、今度はもうイかせてあげるから」

どういうことだろうと思っていると、彼が身体を重ねてきて胸が潰された。抱えられ、脚もめいっぱい広げられる。

次の瞬間、アレックスが自身で蜜口をぐりぐりと刺激した。

「ひゃあぁぁっ」

クリスティナは、びくびくっと腰を浮かせた。

軽く達して、奥からじーんっとした甘い痺れが広がる。それで十分だったのに、アレックスは秘裂を割り開くみたいに押しつけて、こすりつけてくる。

「あっ、あ、待って、やっ、また、またキちゃう……っ」

「我慢させていたから、好きなだけイっていい」

戸惑っている間にも、ずっとベッドを揺らし続けている彼の腰の動きに、クリスティナはまた快感が頂点へと達した。

溢れた愛液がさらに下着を濡らした。それでもアレックスは終わってくれず、二人の間で布が卑猥な音を立てている。

「あぁ、あっ、気持ちいい、んんーっ」

軽く達したのに、また奥がわなないている。

いったいどうなっているのか分からないと思いながら、彼にぐっぐっと蜜口を押し上げられて中に振動を感じた瞬間には、また達していた。

「俺も、くっ、こうしていると気持ちいい」

びくびくっと揺れているクリスティナの反応を見ながら、彼は力を入れる方向を変えて、身体を揺すり上げる。

蜜口を彼のモノでこすられ続けながら愛撫された。手を舐められ、指の間も舌でくすぐられ、膝の裏まで彼の大きな手が這う。

（すごく……気持ちいい……）

下着をつんっと押し上げる乳首を甘噛みされた時は、快感が下へ走り抜けると同時に、彼のモノをぐりぐりとあてられて絶頂した。

愛液はしとどに溢れて、ベッドシーツも濡らしてしまっている。

しつこいくらいねっとりと何度も高みに押し上げられた。

「も、入れて……っ」

「まだ、だめだ」

「ひぅっ、あぁ、なんでこんなに気持ち、いいの……っ、んんぅっ！」

またしても、奥から蜜がとろりとこぼれていった。

軽くイき続けているからか、達したせいなのか、快感でじんじん痺れ続けているせいなのか分からない。

そのせいでクリスティナは、彼の指が入ったことに気付くのも遅れた。

「あっ……？」

膣壁に指を立てられて引っかかれた時、くちゅくちゅと鳴る音に甘く喉を震わせた。

「すごい、とてもとろとろだ」

「ああ、あっ」

目を向けてみると彼が中を探ってくる。蜜口を指で押し広げられたクリスティナは、身悶えして彼の腕にしがみついた。

「すまないクリスティナ、君はとても敏感なんだな。さっきは俺も軽く抜きたくて必要以上にこすりつけてしまったが……これは焦らしているわけじゃなくて、こうして確かめないと痛かったりしたら大変だから」

「あ、あっ、違うんです」

「違う？」

クリスティナは、ゆらゆらと揺れる自分のそこを見ながら頷く。

「もっと、奥がいい、です……」

浅瀬はじんじんと痺れていて、奥に同じものが欲しくてたまらないでいる。

そう、どうにか伝えたらアレックスが身体ごと固まった。

「アレックス様？」

「………今のは俺の妄想なのか……？　いや、違う、俺の妄想が現実に……こ、んなの断れるはずないだろっ」

不意に、彼が指を奥へと押し込んできた。

「んあぁっ、あ、あ」

腰が浮くと、アレックスが余裕のない手つきで指を動かしてくる。

「ひぅっ、今の、ところっ」

「ああ、君のいいところだろう？　もっと奥のいいところも触ってやろう……ほら」

「ああっ、あぁ、あっ」

「身体も、ここも、びくびくさせてほんと可愛い」

指が折り曲げられ、切り揃えられた爪が膣壁を引っかくのがたまらない。

背をのけぞらせて下肢を震わせていると、ぷっくりと熟れた一番敏感な部分をこすられた。同時にじゅぶじゅぶと指が突き入れられる。

「あっ、あっ、やぁ、イく、またイっ――ひゃあああっ」

びくんっとはねて、クリスティナは何度目か分からない絶頂を迎えた。

奥が強く収縮して引きつる。膣道がひくひくっと震えながら、彼の指にねだるように吸いついた。

「ああ、締めつけがたまらないな」

腰がゆっくりベッドに沈むまで待って、アレックスが指を引き抜いた。

くったりとしたところで、最後までまとっていた布も全て取られた。彼が急いでズボンを脱ぐ。

「ああ、とても綺麗だ。白い肌にネックレスがよく似合ってる」

乗り上げてきたアレックスもまた、同じく一糸まとわぬ姿になっていた。見慣れない肉棒が、腹筋が割れた腹にそそり勃っている。

それを見たクリスティナのそこが、触れてもいないのにひくんっと震えた。

「ン、アレックス様……お願い、早く……奥が切ないの……」

じっくりと熱く観察していた彼が、ハッと息を呑んで竿《さお》を握った。

「っ欲しいよな、すぐ、すぐ君と一つに」

それはクリスティナの蜜口にあてられると——すぐ、ぬぷりと秘裂を割り開いてきた。

「あっ……あ……」

感じさせ続けられたそこは、大きな彼を易々と咥え込んでいく。

今日は待つこともしなかった。愛液を溢れさせながらほぼ入りきったところで、彼が早速ゆっくりと腰を引く。

「あぁ……あっ、あぁぁ」

抜ける直前、今度は肉棒がずぶずぶと中へ収まった。

そった部分が隘路を押し開きながら徐々に進んでいく快感。ずっと欲しかった奥に慎重に押し込まれると、身体が粟立った。

（気持ち、いい……）

けれど、同時にじれったさが襲い始めた。

「はぁ……っ、ン……あ……あぁ」

ようやく挿れてくれたものの、アレックスはかなりゆっくりと出し入れした。

引いては、押し込まれる感覚が長く感じさせられる。

膣壁をこするぞくぞくとする甘い痺れが、蜜壺にじわじわと響いた。するとそれは耐えがたい快感の波となっていく。

「んっ、やぁ……っ」

奥に気持ちよさが溜まって、弾けそうで弾けなくてイきたくてたまらなくなった。

けれど何度も達していたせいか、膣壁がなぞられるだけではイけない。

そこは愛液をはしたないほどに滴らせ、絶頂できないぎりぎりの快感で恐ろしくクリスティナを攻め立ててくる。

「ひぅっ……ああ、だめぇ……あっ、ん……」

逃げようとしたら彼に腰を押し込まれ、尻が浮いた。そこをただただひたすら、ぐちゅ……ぐちゅと突かれた。

「アレックス、さまぁっ……あ、ぁ」

「ああ、気持ちがいいんだなクリスティナ。いつもよりいい反応をしてくれて……すごく締めつけてくる。動かすたびひくひくと吸いついてくるよ」

彼は唇を軽く触れ合わせ、汗ばんだ顔にいくつものキスを降らせてくる。

「やっ……もう、おかしく……なって……っ」

「イきたくてたまらないんだな。奥もだいぶとろけてきたようだ」

アレックスが片脚を肩に引っかけ、腰を引き寄せてぐっぐっと奥へねじ込んでくる。

「んゃあああっ」

欲しいのは、それよりも強い突き上げなのに——と思いながらもクリスティナは甘い悲鳴を上げて達していた。

ぐりぐりと奥を彼の先で撫でられるだけで、子宮がぶるぶるっと震える。身体がおかしい。全部、たまらないほどに気持ちいい。

それなのに、もっと、と以前受けた熱い精をねだるみたいに蜜壷は疼いた。

「あっ、あ、も、奥に触るの、だめぇ」

「全身で気持ちいいと震えているのに、それは説得力がないよ」

膣奥に男の猛りを深く押し込んだまま、アレックスが乳房を揉んだ。

「あぁ……あっ……」

達したばかりなのに、ひだがひくひくっと反応して彼のものを締める。奥から次への準備みたいに愛液が溢れてくるのを感じた。

「クリスティナ、気持ちいいのならそう言って。どうされたい？」

「はっ、あ……奥を……強いのが、欲しくて、も、おかしく……」

「胸も好きそうだが、同時がいい？　教えてくれ」

アレックスの甘い声が耳を犯してくる。

彼は乳房の形を優しく変えながら、同じ力加減で腰を揺すってくる。そうすると先程よりも深い快楽が身体の芯へと伝わってきた。

普段より艶っぽい、彼の低い声。触れてくれている大きな手。繋がってくれている逞しい男の部分――そのすべてがクリスティナを欲情させた。

「んんぅっ、一緒がいい、です」

くらくらした頭でそう答えた。もっと欲しかった。もっと感じたいと、おかしくなりそうなほどそこが疼いている。

「分かった」

直後、呻いたアレックスが、腰を摑んで力強く押し込んできた。

「あああぁっ……！」

突き上げられて尻が浮き、その強い刺激であっけなくクリスティナは達した。

けれどその尻がシーツに落ちそうになったところで、また力強く奥を穿たれて、身体がはねる。

「あっ、んぅ、あぁっ」

これまで我慢し続けていたせいか、それはよすぎた。

クリスティナは、想像していなかったほどの快楽の波に攫《さら》われた。彼は腕に片脚を引っかけた状態で、腰を振って乳房を愛撫してくる。

「あっ、ン……気持ちいいっ……あぁぁっ」

子宮がぞくんっと震えた拍子に、また軽く達した。

それでも、もっと強い快感があるとクリスティナの本能が伝えてきて、快感は収まらずどんどん上書きされていく。

アレックスも腰を止めない。その次の快感へ導くべく、蜜壺を繰り返し穿つ。

「ひぅっ、あっ、ああ、んっ」

気持ちよさが続いておかしくなりそうだ。

するとアレックスが腰を深く入れ、クリスティナの左右に両手をついて、正面から力強く奥を突き上げ出した。

「うっ……よすぎる……っ、そろそろ出そうだ」

欲情し、喘ぐ彼の顔は想像を絶する色気があった。

愛しい人が自分を求める顔にぞくぞくっときた直後、クリスティナの腰がぶるっと震えていた。

「あああっ……気持ちいい……っ、やぁ、達したのに……終わらないの」

快感のあまり涙がこぼれた。

達したのに、揺さぶってくる彼にまたしてもクリスティナの奥が疼く。

「ああ、やはりいい。もっと泣かせたくなる」

回すように腰を押し込みながら、アレックスが涙を舐めた。

「君の泣き顔はたまらない」

「舐めるなんて……っ」

涙を流させるのが目的だったとはいえ、触れるだけだと思っていた。

「舐めてはだめっ、あっ、ああっ」

止めようとしたら、彼が腰を抱えていいところを突き上げてくる。

「ン、美味しいよ。いやらしい汗と混じって、癖になりそうな味だ」

快感のあまり涙がぽろぽろと溢れた。それをさらに彼はちゅっちゅっと吸いながら、膣奥を刺激する。

「さあ、言葉を、クリスティナ」

上体を起こした彼が、涙の残った唇をぺろりと舐める。

そのまま律動を速められて、クリスティナは胸を揺らしながら快感に腰を浮かせた。ネックレスの妖精石が、カチャカチャと音を立てている。

「あっあっ、あんっ、止まって。このままじゃ、言えない」

「大丈夫、言えるよ」

気持ちよさが下腹部から込み上げた。

クリスティナは、そろそろ限界だと言わんばかりに激しく奥を突くアレックスに、身も心も揺さぶられた。

(ど、どの言葉を言えばいいの？　ああ、考えられない……)

ようやく彼女は泣けた。そして彼は涙に触れた。今が絶好のチャンスだ。

今なら、妖精ローレライの〝魔法〟が効くはず。

「ああっ、あんっ、んぅ」

言わないと。そう思ってこらえようとするのに、彼女の蜜壺は離れないでと訴えるみた

いにアレックスを締め上げた。

「ぐっ——そんなに、俺が欲しいのか？」

欲しい。あなたの心が。

クリステイナは切なくそう思った。魔法が解けたら離れていくかもしれないという怖さが込み上げて、思考を妨げる。

(だめよっ、呪いを解かないと)

決めたではないか。呪いが解けて彼がクリスティナを好きではなくなってしまっても、婚約者として一から関係を築いていこう、と。

それでも彼が離れると言うのなら、婚約解消を受け入れよう。

彼女はそう覚悟した。彼を、愛しているから。

「『アレックス様、どうか本来の、あなたに』……あぁっ、強くしちゃだめっ」

「君がっ、締めつけてくるんだよ。うっ、さあ言葉を続けて」

彼がのしかかってきた。中をかき回すように激しく突き上げつつ、クリスティナの汗で張りついた髪を撫で上げる。

「ひぅっ、それだめっ、あっあっ、頭がぼうっとして、言え、ない」

「言えるよ」

こぼれた涙を、アレックスが舌で受け止めて、ごっくんと飲み込んだ。

(あ、また……)

そんなに体内に入れて大丈夫なのか、クリスティナは心配した。魔法の力は涙に宿っているはずだ。

「さあ、好きなだけ試したい言葉を言っていい」

どうしてこんな意地悪をするのだろう。アレックスはそう告げると、止まるどころか一層突き上げてきた。

絶頂感がすぐそこまで迫ってきている。

(――もう、だめ)

限界を迎えそうなのは、隘路をぎちぎちに押し広げる彼も同じなのだろう。

もしかしたら止まれないのかもしれない、とクリスティナは思った。

「クリスティナ」

悩ましげに目を覗き込むアレックスに甘く囁かれると、同時に突かれた子宮口がぞくんっと甘く震えた。

「ひゃ、あああぁぁ……！」

直後、強いイきに頭の中が真っ白になった。

ねだるような甘い悲鳴を上げ、クリスティナは腰を浮かせるとびくびくっと全身を震わせた。

――何か、口走った気がする。

とにかく彼が聞いてくれている今、言わなくてはと責任感から言葉を絞り出した。

「ぐ、ぅっ」

直後、アレックスが強く押し込んで腰を震わせた。

どくどくと彼が注ぐ熱を感じた。時々腰を揺すって射精すると、倒れ込んできた彼がクリスティナを抱き締めて唇を奪ってきた。

「んんっ、ん」

強く舌を絡められる。快感で頭の中がいよいよ真っ白になっていくのを感じた。

けれどクリスティナは耐え、妖精石を気にかけた。

(呪いが解ければ、グリーンから無色に変わるはず――)

目を向けた時、強く光った妖精石が彼女の目に留まった。

(嘘……っ、まさか失敗したの!?)

魔法が解除される直前の光であって欲しい。そう思って観察し続けようとしたのに――。

「クリスティナっ、また出るっ、もっと舐めさせてくれ」

「んんぅっ!?」

舌を強く吸われた。逞しい両腕に強く拘束されて、奥を素早く突き上げられたかと思ったらまた大量の熱を放たれていた。

(あっ、もうだめ……)

精を吐き出したアレックスが、あろうことかそのまま蜜壺をかき回してくる。クリスティナの気持ちいいところを的確にこするものだから、彼女は全身に広がった甘い痺れにたまらず意識が遠のいた。

——妖精石を見て感じた不安は、翌日、二人が裸で眠るこのベッドで、発覚した大事件と共に的中することとなる。

◇◇◇

明るさに誘われるように意識が浮上した。

目はまだ開かない。全身が、安堵する優しい体温に覆われているせいだ。伝わってくる相手の心音も心地いい。

（私、昨夜……）

まどろみの中で動いたクリスティナは、シーツの肌触りに息を呑んだ。

そう、昨夜もアレックスとシたのだ。

光った妖精石のことも同時に思い出したのだが、裸体のままであることに気付いて真っ赤になった。

少し見下ろせば、胸の形を変えている男の両腕があった。

横向きになっているクリスティナの脚には、逞しい男の脚が絡んでもいる。

「えっ、え……？」

濃い時間を過ごしたあと、いつもは服を着せられて一人で目覚めた。

だというのに、これはどういうことだろう。

首を回してみると、後ろには同じく裸体の男性の身体。クリスティナの認識が間違っていなければ、今日は平日だ。アレックスはとっくに身支度をして軍服に身を包み、一階で朝食前の時間を過ごしているはずで——。

「起きたのにつれないいな、愛しい人。顔を見せてはくれないのか？」

ベッドがぎしりと揺れるのを感じた。そして頬に、ちゅっと柔らかなものが触れる。

（……はい？）

それが、アレックスの唇だと気付くのにたっぷり時間がかかった。

かけられた言葉が、彼の口から出たものと理解するのに時間が必要だったからだ。

クリスティナは一度視線を戻した。後ろを確認していいものか大変躊躇われた。唯一身に着けているネックレスを震える指で探りあてる。

「クリスティナ」

後ろから抱き締めているアレックスの甘い声は、情事の時以上の色っぽさと柔和さがあってぞわっと背が震えた。

急ぎ妖精石を見た。すると、以前に増して濃いグリーンの輝きを帯びていた。

（こ、これは、確実に魔法が強くなっているのでは……）

クリスティナは、口をぱくぱくさせた。

まさか、とか、もしかして、とか、後ろのアレックスに異変が起きていることを確信しつつ、彼が今どういう状況になっているのか怖くて見られない。

「そう焦らされたら、俺の最推しの姫君に目覚めのキスをしてしまいたくなるな。もちろん、口の中も蕩けるまで――」

クリスティナは、ほぼ反射的にぐりんっと彼の方を見た。

「起きてます！　起きてますからっ」

とにかく、彼のものとは思えない言葉を止めたかった。

だが、顔を向けたところで「ひぇ」と彼女の声はしぼむ。

そこには、美しい微笑でうっとりと見つめているアレックスがいた。彼は裸体で悠々と添い寝をし、被っている薄い寝具の下は何も穿いていなくて――。

朝一の色っぽさマックスの異性の裸体に、叫ばなかった自分を褒めたい。

「ア、アレックス様……？」

彼女は彼の腕から抜け出して寝具を胸元に引っ張ると、その人が本人か確認した。

「なんだい？　俺の天使」

「ひぇ……」

クリスティナの思考はショート寸前だ。こんなにもフェロモンだだ漏れで、色気増し増しのアレックスは知らない。

「急に縮こまってしまって、どうしたんだ？　可愛い人だな」

「えぇぇぇ」

戸惑っている間にも、上体を起こした彼に寝具ごと抱き締められた。

「ああ、君はいつでもいい匂いがする。一生嗅いでいられる」

「あ、あの、昨夜の湯の匂いかと……」

「気に入ってもらえているかな、君のために用意した君をイメージしたバスオイルなんだ。もちろん、昨夜は俺が一人で隅々まで洗い上げたから安心してくれ」

何も安心できない。

(ぜ、全部彼が世話したの？　は、恥ずかしいっ)

髪はいつも通りしっとりとしているし、身体中さらさらとした触り心地だ。湯浴みだけでなく、そのあとのケアも彼がやったのだろう。

「君は、俺の運命なんだ」

クリスティナは困惑しきっているのに、彼が甘い空気で、顔中にキスを降らせてくる。

「ちょっ、アレックス様っ」

「ずっと見てきた。いつだって君という存在が、俺に生きる糧を与えてくれたんだ。許されるのなら二十四時間体制で君を見ていたいし、俺は君だけの護衛騎士でいたいし、永遠に見続けられる」

彼は、よく分からないことまで言ってくる。

(ど、どうしよう……)

彼女はおののいた。これは、確実に性格が変わってしまっている。涙を体内に入れすぎではないかと心配したが、目覚めたらアレックスがおかしくなってしまっていた。

あの時、無我夢中で何か口走ったのは覚えている。専門家と選んだ言葉を頭の中に刻みつけて何度も練習していたので、それ以外のキーワードは発していないはずだが自信はない。

（私が口にした言葉が間違っていた？）

それなら、また涙に触れてもらって試そうかと考えてすぐ、クリスティナは恐ろしくてやめることにした。

次の言葉を告げて、さらに別の効果が表れてしまったら大変だ。

言葉は合っていたけど、涙を飲んだのが原因かもしれないし、そこは専門家ではないクリスティナには分からないことで。

（と、とにかく、彼を城へ連れて行かないと）

クリスティナは、いまだキスを続けているアレックスの顔を両手で押して、自分から引き離させた。

「クリスティナ、君が好きすぎて俺は幸せでいっぱいだ」

彼の甘い囁きを聞いて不安でいっぱいになった。

「も、もう朝ですし、ひとまず起きて身支度をいたしましょうっ」

クリスティナは使用人を呼ぶためのベルを素早く取ると、叫びたい気持ちのまま思いっきり振った。

あんな緊急信号のような荒々しいベルの音は初めて聞いた——と、のちに使用人達は語ることになる。


クリスティナは自分の手に負えないと思い、ただちに担当の専門家ドレイドと王太子リアムに知らせを出した。間もなくリアムから返事があり、ありがたい思いですぐ城へと向かった。

城に到着しても、アレックスの距離感は相変わらずおかしかった。

彼は腰に腕を回して密着し、手まで握って、隣からずっとクリスティナをうっとりと眺めていた。

「あの堅物の騎士団長が……」

「あのきらきらのイケメン誰だ……」

歩いていく姿を、兵や騎士達があんぐりと口を開けて見送る。

クリスティナは大変恥ずかしかった。性格が変わって、堂々と甘い空気を漂わせてくるアレックスも素敵で困った。

とにかくできるだけ早く目的地まで歩いてしまおう。そう思っていたのだが——。

「そこにいるのは、幸せいっぱいの僕の美しい妹じゃないか！」

廊下を曲がったところで、まさかの城勤めの兄に出くわした。

サリユスは同僚と移動中だったようだ。わざわざ「少し待っていてくれるかい」と告げ、こちらに駆け寄ってくる。

（来ないでいいですっ、待たずに行っていいですからっ）

けれど願いも虚しく、彼の同僚達に見つめられた状態で兄と向かい合うことになった。

「お、お兄様、ごきげんよう……」

「ふふふ、すっかり誤解が解けたようでよかったよ」

何が、とクリスティナは思った。

にこにこしている兄の目が、続いてアレックスへと向いた。積極的に絡めている腕を見ていることに気付いて、彼女は慌てた。

「いえっ、アレックス様はお仕事の途中でして――」

「なるほどっ！　時間を取ってデートか！」

「え？　ちが――」

「アレックス騎士団長殿、ありがとうございます。これからもシャイな僕の妹をよろしくお願いします」

「もちろんだ、生涯大事にすると誓おう」

兄は、相変わらず人の話を聞かないところがある。彼はアレックスの返事に満足すると、同僚らへ自慢げな声を投げた。

「ほら見ろ、心配もいらない溺愛っぷりだろう？　こんなにも妹を大切にしてくれているんだ。屋敷を訪ねたりしたら、それこそアレックス騎士団長殿に悪い」

「軍人なのにサリユスが信頼してるのも分かるな。仕事よりも婚約者を優先してくれているのか。紳士としては感心だ」

「堅物なお人だと聞いていたが、一途なんだな！」

「うぅっ、さよなら俺の初恋……！」

サリユスと男達の会話が飛び交い、余計に人の目も集まって目立った。

「お、お兄様っ、私達はこれで失礼しますわねっ」

クリスティナは、大胆にもアレックスの腕を引っ張って歩き出した。兄が祝福するような声で「また今度」と言って、二人の噂をする声が通路の先までどんどん広がっていく。

「嬉しいよ。いったいどこに連れて行ってくれるんだ？」

クリスティナを眺めていた彼が、とろけるような眼差しをして揺れる水色を帯びた銀の髪に手を滑らせる。

すれ違った騎士が思いっきり咳き込んでいた。

（ああ、何度も同じ質問を……）

そう思って、クリスティナはがっくりした。今、彼の中には彼女のことしかないみたいで、そこはもう諦めているところだ。

大注目の中での移動だったので、王太子の執務室に到着した時は疲労感が増していた。

彼よりも年上の護衛騎士が、何度もアレックスを確認しながら扉を開けた。

「殿下、ご機嫌麗しゅう。俺の愛しい婚約者のクリスティナですよ」

入室してすぐ、アレックスが眩い笑顔で挨拶をした。

その一方で向かい合ったリアムは「は」とぼやいた。知らせを受けて室内で待っていたアレックスの部下達も、唖然《あぜん》としている。

「嘘だろ、おま……はぁ、嘘だろ？」

他に言葉が出なかったらしい。呻くように額に手をあてたリアムにも、アレックスはにこにこしているだけだった。

（い、いたたまれない……）

クリスティナの肩を抱くアレックスは、騎士団長というより、惚気《のろけ》きった王子様のような様子でそこにいた。

申し訳なさに縮こまった。だが、彼女の詫びの言葉よりも、アレックスが肩を抱き寄せてリアムにこう告げる方が早かった。

「殿下、彼女を座らせてもよろしいでしょうか？」

「……お前、私の言葉をさらっと聞き流したな。そこはいつも通りな気がするが……まぁ、いい、許可する」

アレックスがリアムに感謝を示す。そして、クリスティナを恭しくソファまでエスコートすると――。

「おいで、俺の可愛いクリスティナ」

甘く名前を呼ばれたが、彼女はときめくどころか真顔になった。

朝から〝ずっとそう〟だったように、アレックスは腰を下ろすと、当然という顔でクリスティナを自分の膝の上へと座らせた。

「よし、これでいい」

ぴしり、と室内の空気が凍った。

「…………お、おいいいいいぃぃ!?　嘘でしょ団長!?」

「何が『よし』ですかっ、おかしいと気付いて！」

間もなく彼の部下達が悲鳴を上げた。リアムが手で制したものの、さすがの彼も動揺を隠せない顔でクリスティナに聞く。

「まさか今日ずっとこの調子なのか？」

「はい、ここに来るまで馬車の中でもずっと放してくださらなくて……」

途端、騎士達が揃って唇をきゅっとした。

扉の内側にいた先程の年上の護衛騎士が「お前ら、やめろ。ひとまずすぐ顔に出すのをどうにかしろ」とツッコんでいた。

「殿下、申し訳ございません……」

クリスティナは、とうとう手で顔を覆い隠した。

「いやいやっ、すぐに知らせてくれて助かったっ。まさか解除のつもりの言葉が、別の魔法がかかるとは私も想定外だった」

リアムが、向かいのソファに倒れ込むように腰かけた。

「君の言う通り、へたに別の言葉を試してさらなる呪いが重ならないとも限らない」

「あの、涙のことは」

「その件についても専門家の返事待ちだ。量が関係するとは聞いたことがないそうだが、まぁ念のために調べると」

彼は言いながらも吐息をもらしていた。

フェロモンだだ漏れの、クリスティナしか眼中にない今の状態では仕事にならない。彼女が申し訳ないことをしたと思った時だった。

「クリスティナ、君は俺を見ていてくれなくては」

後ろから、首をするりと包み込まれてアレックスの方へ顔を向けさせられる。

「婚約者なのに寂しいよ」

「あ、あの、アレックス様、上司である殿下もいらっしゃるのですが」

教えたものの、アレックスは微笑を甘く深めて見つめてくる。

クリスティナはついぽーっとなった。その一方でアレックスの部下達が、揃ってぞーっと身震いしたのを護衛騎士が見ていた。

「それなら見せつけてやればいい、俺達は仲睦まじい婚約者同士だ、と」

「え？」

アレックスが甘く顔を近づけてきた。

そこで我に返ったクリスティナは、まさかたくさん人がいる室内でするつもりかと思って慌てた。

「ま、待って待ってて っ」

だが、顔を引き離そうとしたら後頭部を抱き込まれ、唇を重ねられていた。まさかの突然のキスだった。びっくりしている間にも、彼は彼女が弱い部分がすでに分かっていて唇をくすぐって開かせる。

「ん、……んぅ!?」

アレックスは舌を割り込ませ、クリスティナの中に触れる。

護衛騎士が、唖然とした顔で言葉を失った。

「全員、目をそらせ！」

アレックスの部下達が、長年組んできただけあって呼吸ぴったりに背中を向けた。

その騎士道精神にクリスティナは感謝を覚えた。

けれど、その指揮者であるはずのアレックスの行動には、混乱しかない。

「――ま、待て待てストップだ！」

リアムが立ち上がり、慌ててクリスティナからアレックスの顔を引き離させた。

「殿下、なぜ愛する者同士の尊い交流を邪魔するのですか」

「と、尊い……色々とツッコみたいところが満載だが、ひとまず言う。愛する者同士ならば同意を得ろっ、場所を選べ、ここは仕事場だ！」

「見られてまずいことをする予定はありませんでしたが」

「お前の場合まったく信用ならんのだ！」

苛々した様子でリアムが叱り、身体の向きを戻した部下達がうんうんと頷く。

「これでは仕事にならんな、まったくお前ときたら――」

「わ、私のせいなのです。本当にごめんなさいっ」

キスを見られた羞恥よりも、アレックスの評価がだだ下がりしているのが、クリスティナを震えさせた。

リアムが沈黙した。騎士達も、すごくやりづらそうだった。

「……君のせいではない」

「で、でも、私のせいでアレックス様が私のことばかりっ」

思わずクリスティナは顔を手で覆った。

「そこはいつも通りだと思うぞ」

リアムはそんなことを言ってきたが、それこそあり得ない。だって婚約してしまった時だって、彼は節度を守って接してきてくれていた。

「動揺している君も可愛いなあ」

アレックスが、場の空気も読まずに彼女を腕の中へ閉じ込めた。

「か、かわ……!?」

クリスティナは真っ赤になる。やはり異常事態だ。そう思って目を向けると、なぜかリアム達は先程よりも冷静になっていた。

「や、やっぱり呪いが強まってます！　ど、どうしましょう⁉」

「いや、そこはいつも通りだな」

「違いますっ」

「あー、落ち着いてくださいクリスティナ嬢、いつも通りです」

アレックスの部下の一人である騎士がツッコんだが、護衛騎士が元指導教官として頭をはたいていた。

するとと部屋に知らせが入り、扉の前の警護を担当していた護衛騎士が入室してきた。

彼から素早く耳打ちされたリアムが、はぁーっと大きな溜息をもらした。

「クリスティナ嬢には、混乱をさせて申し訳ないと思っている。専門の機関からは至急調べて、明日までには対応を考えると返事が届いたそうだ」

「あ、明日……」

それまで、このアレックスにつき合うのか。

こうして話している間も、彼はクリスティナを抱き締めて頬ずりしていた。まるで仔犬《こいぬ》が主人に懐いて、好き好きと伝えているみたいだ。

けれど、アレックスはずっと〝狙って〟いるのだ。

この密着にも大人の男性としての熱があった。先程のキスだってこらえきれず〝味見〟

したのだろう。そのいい感じに低い彼の声で甘えられると、呪いで作られた彼の思いは受け入れられないというのに、言葉にならない幸福感と嬉しさが込み上げて困っている――。

「う、む。クリスティナ嬢が大変困っているのも分かっている。アレックスの騎士としての体力は君にはきつかろう」

リアムが、少し言いづらそうに告げた。アレックスは結婚するつもりでいるので、もしかしたら報告したのかも。けれど悟られている恥ずかしさよりも、クリスティナは、アレックスの上に乗せた尻部分が大変気になっていた。この姿勢で居続けるのはまずい。

もしここで、屋敷や馬車の中でされたような〝おねだり〟を聞かれようものなら、羞恥で気絶できる。

「で、殿下っ、今すぐにでもお話を聞きに行けませんでしょうかっ」

抱き締めて放さないアレックスの腕から、身を乗り出す。

「城の妖精研究課にも『緊急で』と協力要請を出してある。ダメ元で行ってみるか、歩かせている方がいくぶんかアレックスも抑えておけるしな」

かなりありがたい申し出だった。

早速、城内の敷地にある研究棟へと向かった。

「これはまた……かなりの重症、ですかな？」

研究棟の対面席で、クリスティナを抱いたまま椅子に座ったアレックスを見て、痩《や》せた眼鏡の研究員が真っ先にそう口にした。隣の椅子に渋い顔で座ったリアムは、腕を組む。

「ある意味、重症なのは確かだな。緊急事態だ、とにかく進めてくれ」

「承知いたしました」

眼鏡を押し上げつつ、いくつかの書物へ目を落とした研究員を騎士達も静かに注視する。

「えー、我々は呪いの強化だろうと推測しています」

「……二重に呪いがかかったのではなく、ですか？」

「あなた様は二度目の呪いはかけていません。妖精石の色が強まった状態がその証拠です」

妖精石の明るさが増したのは、かけている魔法が強まったせいだという。もし二つの呪いをかけてしまっている場合二色になるそうだ。

（好意が強まったとすると……ああ、やはり初めから魔法だったのね）

現実を突きつけられて胸が張り裂けそうだった。

「ひどい顔色ですが、大丈夫ですか？」

「え、ええ、大丈夫……」

魔法の力で彼を自分に夢中にさせている。

十三歳のあの時、クリスティナは憧れた彼の心を自分のもとに繋ぎ止めてしまった。そんな自分に――彼の結婚相手となる資格はない。

「クリスティナ？」

すぐ後ろから聞こえてきた声に、びくりとする。

好きになった人。今でも、惹かれ続けて苦しいくらいだ。でも――彼女は、彼を求めてはいけないと分かった。

「なんでも、ないんです」

クリスティナは咄嗟にそう答えた。アレックスにそれ以上声をかけられることを避けるため、研究員へ尋ねた。

「涙の件も聞いておりますか?」

「はい。我々のもとには資料がないのですが、外部機関も問題ないと答えられるかと。妖精ローレライは、人の足を得るまでは海で暮らしていました。海では涙を必要としません。だから彼女自身は涙以外のもので魔法を発動させていたのではないかと考えられています。現に、こういう伝説もあります」

彼が述べたのは、ある港町の伝承だった。

【その男は遠くにいる美しい妖精ローレライに魅了され、海に引きずり込まれていった】

ローレライを陸から見た者も被害に遭ったという。

「水系の妖精は、歌を魔法の媒体にしていることが多くあります」

「歌……?」

クリスティナが反応すると、彼は「はい」と頷く。

「いくつかの海岸地域では『ローレライに歌で呼び寄せられる』と言い伝えられているそうです。歌声に反応して心を向けてくれた者を攫う、という話は多いです」

つまり魅了の魔法にかかって恋をした者、ということだろう。

歌、と考え込むクリスティナをアレックスが見下ろした。彼がそわっとして部下達が顔色を悪くしたと同時に、隣の椅子に座っているリアムがアレックスの顔面をべちんっと手で遮って「大人しくしていろ」と囁いた。

その小さな声に、クリスティナははたとして視線を上げる。

「殿下?」

「いや、なんでもない。――とすると、ローレライは歌声で魔法をかけていた、彼女の悲劇により子孫は涙で魔法を発動するようになった、という仮説でいいのか?」

「左様です」

無理やり話を戻したリアムに、研究員が溜息を吐きたそうな顔で答えた。

「ちょうどドレイド様から共有させていただいたばかりの調査報告が、その仮説をまとめたものだったのですよ。専門の機関もそれをもとに至急、解除方法の変更について調べるのではないかと推測しています」

「変更……?」

「クリスティナ嬢、あなた様はとくに先祖返りが強い。そもそも今回、涙と言葉による解除方法では失敗しました。専門の機関からの返答によっては、歌による解除を試みた方がいいかもしれません」

専門の機関には、城の研究課としては魅了魔法を持った妖精達の歌にまつわる情報を急ぎ集める案を提出する予定らしい。

もしドレイド達が同じ考えに至っているのなら、城の研究課も協力し、妖精ローレライの魔法の解除に使う歌を選定することになるだろう。

(……彼を私から、解放してあげないと)

研究員の話を聞きながら、クリスティナは思う。

もしかしたらあったかもしれない彼の結婚人生をだめにした。改めて一から関係性を築いていこうだなんて甘い考えだった。

(好きになっては、いけなかった)

ショックからぼんやりとそう思っていると、真面目な場の雰囲気と合わない声がした。

「もう話は終わったかな？　長く話につき合わされたせいで、俺のクリスティナも疲れたみたいだ」

そんなアレックスを、リアムが忌々しげに見た。

「誰のせいだと思っているんだ、誰の」

「団長が膝の上に乗せているから精神的な疲労が倍増しているのでは……」

「こんなにも落ち着いているぞ？」

アレックスが、部下へ見せつけるようにクリスティナを抱き締める。

なんだか気が抜けそうになった。呪いのせいで状況を理解していないせいだろう。彼女は思わず苦笑した。

「もう話は終わったんだろう？」

「ええ、そうですわ。待ってくださってありがとうございます」

「君がいるから当然だよ。お疲れ様、クリスティナ」

彼の手が、クリスティナの視線を自分へと向けさせた。そして——え、と思った時には、ごく自然にアレックスの唇が彼女の口を塞いでいた。

向かいで目撃した研究員が、目を剝く。

「アレックスお前というやつはっ！」

「団長おおおぉぉ！」

リアムも椅子をがたっと鳴らした。部下達の悲鳴が上がる。

ひとまずクリスティナもアレックスを引き離そうとした。だが抵抗した次の瞬間、彼が腰を支えて半ば倒した。

「——んんっ!?」

下になったクリスティナの口に、彼の舌がたやすく侵入する。唇を上から強く押しつけられているせいで離せない。

騎士達が、今度は甲高い悲鳴を響かせた。

「やめてください団長！　トラウマになりますっ」

「俺まだ童貞なんですよ！　誰かどうにかしてぇえええ！」

「騎士が情けない声を上げるんじゃない！」

リアムも揃って大変騒がしい。

クリスティナは、アレックスが大きな壁となって周りが見えなかった。けれど、このままではまずいとは分かっていた。

シたがっているのだ。

色気むんむんのアレックスが、まずい。

必死に彼の向こうへ手を振って「んー！」と助けを呼んだら、リアムが察したのか騎士達と大急ぎで助け出してくれた。

「……すまないクリスティナ嬢、アレックスも仕事にならないので、今日のところはこのまま連れて帰ってくれ」

肩で息をしたリアムは、ひどい形相になっていた。

（このまま帰します？）

ほろりとしたが、リアムはクリスティナではなく、その頭の上にあるアレックスの顔を睨みつけているのだ。

救い出された直後には、彼女は再びアレックスに後ろから抱き締められて確保されてしまっている状態だった。全然離れてくれない。

「クリスティナ。可愛い、俺の天使」

アレックスは、じっとしていた限界になったみたいに彼女の名前を呼びながら頭にキスをして、一人だけ実に幸せそうな空気を放っている。

「殿下から許可もいただいたし、帰ろう、クリスティナ」

「あえっ？　あ、待って。えとっ、こういうわけでできるだけ早く解除したいのですがっ」

彼女は、アレックスに扉へと向かされて慌てて研究員の方を見た。

彼が心労による汗をハンカチで拭いながら、同情したように言う。

「私の方からも、専門の機関には明日のお昼までに具体的なお話までできるように、とお願いしてみます」

やはり本日すぐには無理なのだと、がっくりとした。

そして——アレックスがもう待てないのも、クリスティナはひしひしと感じていた。

◇◇◇

リアム達と別れたあと、速やかに帰宅することになった。

クリスティナは、馬車の中でもアレックスを大人しくさせるのに一苦労だった。きちんと座っていないと危ないと伝えたのに、彼は理由をつけては彼女を膝の上に座らせようとした。

触れ合いたいからだとは、クリスティナは気付いていた。

彼は肩を抱き寄せ、ぴったりくっついて屋敷に到着するまで放してくれなかった。

その間ずっと握った手を撫で続けていた。その仕草は意味深で、彼が顔にキス一つしないことが帰宅後の展開を強く予感させた。

屋敷に到着し、下車するとアレックスはスワンズ達に馬車やあとのことを任せると、いつもより速く歩いてエスコートした。

そして屋敷に入った途端、一階に入ってすぐの客間に連れ込まれて壁に押しつけられた。

「ア、アレックス様」

空気が一気に変わったのを感じた。アレックスの目には燃えるような欲情が宿り、強く見つめられたクリスティナは鼓動が速まった。

「我慢していたんだ、君に言われた通り車内では何もしなかった——だから、まずはキスをさせて、愛しい人」

答えも聞かず、唇を奪われた。

キスだけで済むのか、という疑問が浮かんだ。けれど情熱的な口づけが始まってすぐ、クリスティナは目を閉じてそれを受け入れてしまっていた。

「ン、んんっ……ふぁ、は、んぅっ」

目を閉じると、熱い舌が口内を動き回っていることが一層感じられた。苦しくなって息継ぎをしても、すぐに彼が唇を重ね直してくる。

激しいキスに、酸素が足りなくて頭がくらくらしてくる。

身体がどんどん火照って、下腹部の奥がきゅぅっと収縮する。

（これも、私が呪いを強めて彼の心を完全に奪ってしまったせい——）

性急に熱を上げ、求めてくる彼に悲しくなる。

キスをする彼の手が身体をまさぐった。尻を撫で回し、中に触れるため、スカートを上げようとする。

「っだめです」

いつ使用人が来てもおかしくないことを思い出し、咄嗟に顔をそむけて唇を離した。

「ここも、色づき始めているのに？」

アレックスが首筋に吸いついた。

「……あっ、ゃ……あぁっ」

荒々しく情熱的な愛撫に震えていると、彼の舌が次第に上がってきて、クリスティナの耳をくすぐった。

びくびくっと震えた彼女の身体を、彼は自身の身体で壁に押さえつける。

「よかった。ここも気持ちがいいんだな。ああ、吐息でも感じる？」

耳のくぼみまで舌を這わせながら、彼の手が胸元をまさぐった。身体から力が抜けそうになる。

「あっ、あ……やぁ……っ」

「嫌には見えない。君の身体は、気持ちよく震えていて――ほら、俺の手を喜んでくれているみたいだ」

襟元を乱され、彼の手が滑り込んで乳房を撫でた。その指先が乳首が固くなり始めたのを指摘するみたいにつまむ。

「んんっ」

愛しい人の手に触れられている悦びで、身体の中心を甘い刺激が走り抜けた。背がそり、自分から胸を突き出すような形になってしまう。

（あっ、いやらしい……）

恥じらいに頬が染まった時、彼が襟を摑んで一気に引き下ろした。

「ひゃっ」

たぷんっと飛び出た乳房を、アレックスは手で握る。

「そう、これだ。手に溢れるこの神秘的な柔らかさが、癖になる。クリスティナ、俺のクリスティナ……」

「あぁ、あっ、そんな強く摑んでは、いやっ」

クリスティナは、立っていられなくなり壁から背が滑った。

するとアレックスが膝を割り入れて支え、ドレスからこぼれた乳房を両手で揉み込みながら、夢中になって白い肌を味わっていく。

クリスティナは、与えられる快感で腰が震えた。

「あ、ぁ……アレックス、様……」

快感に色づいていく肌と共に、触れてくれている愛おしい人の手で、もう一度——と淫らな気持ちが身体の芯から込み上げる。

それが、素直に快感を受け入れて腰を揺らすことに表れたのだろう。

「っクリスティナ」

アレックスが悩ましげな声をもらし、さっとクリスティナを抱え上げた。

驚いている間にも彼はすぐ隣にあったサイドテーブルに座らせ、スカートを一気にたくし上げる。

「あっ、だ、だめですアレックス様っ」

起き上がろうとしたが、彼に腰を手前に引っ張られて、脚を大きく開かれた。

そこにアレックスが身体を素早く割り入れた。クリスティナの付け根部分のしっとりと濡れた個所を、性急に探る。

「ああっ、あっ、んぅ」

秘裂を上下に撫で、敏感な場所をくりくりと刺激してくる指に身体がはねた。キスのせいで熱を持っていたせいだろう。

クリスティナは喉をそらして喘いだ。彼に教えられた官能のせいで、そこは早くも彼自身の熱を求めて強く疼き始めた。

ひくんっと鳴る喉元をアレックスが甘噛みし、舐めた。

「俺はやめたくない。君が魅力的で、おかしくなりそうだ」

「そ、それは、強まった呪いのせ――」

呪いのせいだと言おうとした。しかし首や胸を愛撫しながら、彼の指が余裕なく下着をかき分け――一本、ぬぷりと突き入れられていた。

「あぁぁっ」

簡単に呑み込んだ蜜壺は、まだ広がってはいなくてきつさがあった。彼はそれを急ぎほぐすと、続いて二本目を押し入れて中をかき回してくる。

使用人達に聞かれるかもしれない、とか、そんなことも考えられなかった。

（あっあっ、だめ、欲しくなってしまう――）

いやらしい気持ちと同時に、愛しい人がしてくれている喜びが同時にせり上がった。

クリスティナのそこは何かを締めつけたいと収縮し、ねだって三本目の指もあっさりと咥え込んだ。

「あっ、んんぅ！」

膣壁を急く動きで押し広げてくる様子が彼の求める強さを物語っていて、クリスティナの胸は熱く震えた。

気付けば彼の首に腕を回し、下肢を開いてびくんびくんっと身体をはねさせていた。

イきたくて、腰を浮かせて彼の手に秘所を押しつける。

「もうだめだっ、待てない！」

急に指を抜かれ、代わりに脈打つ熱をあてられた。

直後、太腿を引き寄せられて、思いきり奥まで貫かれていた。

「ああああっ」

彼の腕の後ろに回した手で、ジャケットを握り締める。彼の大きな欲望を収めるには、クリスティナのそこはまだきつい。

「クリスティナっ、すまない。すぐ、すぐに動きたいっ」

アレックスが喘ぐように言いながら腰を揺らした。

まだ狭い隘路を、彼のものがぎちぎちとこすりつけながら、激しく前後していく。

「あっ、ん……あんっ、あぁっ、深、い……っ」

台に乗せられたクリスティナのそこは、覆い被さっているアレックスのものにじゅぷじゅぷと突き刺されて蜜を誘い出された。

突き上げる彼の動きに合わせて、全身が揺れている。

上下に動く乳房の上で、ネックレスの妖精石がちゃりちゃりと音を立てていた。

「ああっ、あっ、アレックス様、あぁっ」

「くっ、もっとだっ。もっと君の奥を感じさせてくれっ」

彼が両脚を持ち上げ、一層腰を振り乱した。

愛液が滴ったサイドテーブルが、二人の体重でがたがたと揺れた。絶え間なく肌同士をぶつけ合って二人は愛の行為に耽る。

「クリスティナっ、好きだ、君が好きだっ」

アレックスが唇を重ねてきた。

キスをしながら、膣奥に固くなった彼自身をごつごつと打ちつけられる。クリスティナもたまらず彼の唇を吸った。

奥から新たな蜜がじゅわりと溢れ、涙が出にくいはずの目から涙がぽろりと落ちた。

（どうしよう、気持ちよくて涙腺が……）

愛されている幸福感に包まれた。

魔法による偽りの『好き』のはずなのに、彼がオスの本能で、一心に突き上げてくれるのが嬉しい。

「そんなに気持ちいいのか、クスティナ。強引にされるのも案外好きなのかな」

アレックスが、唇から垂れた唾液を舐め拭う。

「ああ、やはり君の涙はとても美しい。とても腰にきて、もっと泣かせたくなる」

艶っぽい笑みで覗き込まれて、羞恥と共に快感が強まった。下半身が強い快感にぞくぞくっと震えた。

「み、見ちゃ、や……ああああっ」

収縮した蜜壺から快楽の波を察したのか、アレックスが律動を速めた。

「あっあっ、やぁ、アレックス、さまぁっ」

躊躇なくがつがつと突き上げられて、クリスティナは大きく背をそらした。

けれど愛しい彼と離れたくない思いから、その腕は彼の胴にしっかりと回された。自ら腰を差し出しているみたいな姿勢になる。

「ぐうっ、出したい……！　君が愛おしすぎるっ」

アレックスが腰を抱え、びくびくっと震えた肉棒を一心不乱に奥へ向けて突いた。

彼の激しさに、恋心が暴走しそうだ。

好きで、好きで、彼に触れられている肌も、心も頭も全部熱くて――クリスティナは中へ欲しくてたまらなくなった。

「クリスティナ、中で、全部受け止めてくれるかっ？」

「あんっ、ン、出して……！　いいっ、奥に欲しいの……っ」

アレックスの熱い目を見た途端、抑えていた反動のように想いが溢れ出た。

これで妊娠してしまっても構わない、と思った。

彼の前から、去る。それを想像するだけで胸は張り裂けそうだ。最後の思い出にするように、彼女は快楽に抗うことをやめて腰を振り乱した。

「そう嬉しいことを言われたら、もうっ」

アレックスが、クリスティナの細い腰を力強く引き寄せた。獣のような激しさで突き上げたのち、奥に熱い飛沫を放った。

「あっんんぅ――っ！」

びくびくっと震えた彼の一部分を感じながら、クリスティナは全身を痙攣《けいれん》させてのけぞった。達しながら白濁を受け止める。

一度止まっていた彼が、腰をぐっぐっと押しつけてきた。

「あっ……ん……」

まだまだ固さを保ったままのそこから、数回に分けて欲望が吐き出される。

「クリスティナ、まだまだ足りない」

彼が身体を倒してきてキスをした。もっとくっついていたい気持ちが込み上げ、私も、と応えるようにクリスティナは彼に力いっぱいしがみついた。

「んぅっ、んっ」

しばらくキスをしていたら、中にある彼のものが滾《たぎ》って、また少しの間身体が揺さぶられて――。

「はぁっ、だめだな。このままではここで二回目をしてしまう」

無理やり彼がキスを解いた。

(魅了の呪いが強まっているから、欲望も止まらないんだわ――)

クリスティナはそう思った。苦しそうな彼を放っておくなんてできず、息が上がっていたから答える代わりに抱き締めた。

彼がそのまま抱き上げてくれた。

一度繋がりを解いて、マントに包まれそのまま寝所へと移動する。

到着してベッドに下ろされるなり、またすぐに繋がった。互いに熱に動かされるまま、衣服を乱し合う。

誰にも邪魔される心配がないベッドの上で、今度は裸体で求め合った。

「あっ、ん、ああっ、激しい……っ」

肌をまさぐりながら、激しく突き上げる彼の動きで全身を揺らされる。

「君を感じさせてくれ。もっとだ」

我慢させるのはとても苦しいだろうから、彼が満足するまでつき合おう——クリスティナはそう考えたが、それは言い訳でもあった。

最後に、ただひたすら、彼と愛し合いたかった。

「ああっ、あっ、だめ、もうイっ……んやぁああっ」

大きな熱のかたまりを奥に叩きつけられながら達した。

彼は苦しそうに息をもらし、一度動きを止める。そして締めつけが少し緩むと、クリスティナの片脚を引き上げて体位を変えた。

「今度は君も、長く気持ちよく感じさせるから」

横向きに開脚された姿勢で、突き上げが再開した。

「ああっ、ああ、待っ……あ、あっ」

達して奥がきゅうきゅうに収縮しているところに深くあたって、クリスティナは強烈な快感にシーツを握り締めた。

（魔法を解除したら、婚約を解消する）

きっと、それがいい。

激しい交わりに悦楽の涙をこぼしながら、クリスティナは、明日〝歌〟の情報を得たら、すぐ彼の治療を行おうと思う。

彼が婚約を受け入れてくれたのも、呪いの効果なのだ。

正気に戻ったら、さすがのアレックスも間違った愛し合いだと気付く――。

（好き。どうか、今だけは許して……）

切なさに胸を締めつけられながら、同時に胸も愛してくれた彼に導かれるまま再び絶頂した。

愉悦に震えている腰を高く上げられ、後ろから愛しい人に貫かれる。

「あぁぁっ……！　あっ……深いっ、あ、あ、気持ちいい……っ」

子宮口に強くねじ込まれた瞬間軽く達し、震えて膣壁がうねる中をアレックスが激しく出入りする。

「俺もっ、気持ちがいいよ。ああ、奥まで引き込もうとして、よくうねって、絡みついてくる」

「あっあっ待って、そんな、速くは……！」

「ああ、それともゆっくりがいいか？」

彼が回すように突き入れた。ゆっくりと身を傾け、揺れる乳房を手に収め、汗ばんだクリスティナの首の後ろを舐める。

穏やかな快感に身悶えしていると、彼が一突きごとに力を入れてきた。

「あっん……ああっ、だめ……突かれるたびに奥が、震えて」

「感じるよ、君が俺をねだってくる。だが、まだだ、もっと欲しがった時に、一番奥に俺の子種を注ぐ」

彼が後ろから両方の胸を握った。肌に吸いつきながら子宮口をトントンと叩いてきて、子作りの実感にまた奥が期待に震える。

愛液が恥ずかしいほどに溢れてくる。間もなく彼の愛撫に余裕がなくなってきて、クリスティナはがくがくと下肢を震わせてまた達した。日中の淫らな行為は、日差しの向きが変わっても続いた。

アレックスは二回、三回と欲望を吐き出しても収まらなかった。快感に溺れて、クリスティナも求められるだけ抱かれた。

そして窓からの日差しが柔らかくなった頃、彼女は強い絶頂の中で意識を失った。

◇◇◇

翌日、朝一番に城から知らせが届いた。

そこには、本日クリスティナがこなすべきことが書かれていた。

「アレックス様は殿下に見ていていただきましょう。その間に、私が」

スケジュールと共に書かれてあったリアムからのありがたい提案を見て、クリスティナは意を決した顔で頷く。

「一人で行かせるわけにはまいりません。城の者ではお心も休まらないでしょうから、専門の機関へはこのスワンズがお供いたします」

「……ありがとう」

その時を思えば胸は苦しくなった。けれど唇をきゅっと嚙み、これから戦場へ向かうような気持ちで昼用の外出着で身を整えた。

（――今日で、すべてを終わらせるの）

もう、覚悟は決めていた。

「あまり思い詰めないでくださいませ、大丈夫ですから」

本来なら屋敷の主が指示を出すべきところ、スワンズとクリスティナが指示を出した。それもあってメイド達も心配そうな顔をしているのだろう。

（みんな、アレックス様の身を案じているのだわ）

クリスティナはそう思った。今回は緊急事態だったため、彼女の涙の魔法がうっかり彼に――とはメイド達にも伝えられていた。

彼らのためにも頑張らなければと、彼女は自分を奮い立たせた。

リアムは城から迎えの馬車まで寄越してくれた。

そして、クリスティナはアレックスを連れて、王太子の執務室でリアム達と合流した。

「それでは、アレックス様をよろしくお願いします」

これから、クリスティナは王都内にある妖精の専門機関へ行く。

「俺は、君を一人で行かせたくないのだが」

執務室の中央に用意された長椅子で、アレックスが首を傾げる。

彼は、通常より理解能力も半分以下といった状態だ。城からの馬車の迎え、そしてスワンズが同乗しているのも不思議がっていた。

「アレックス様は、ここで皆様と待っていてください――必ず、戻ってきますから」

微笑みかけてみたが、うまく笑えたかは自信がなかった。

今日、十三歳の時に出会った頃にすべてを戻すのだ。

彼に返事をした際に、自然と肩に触れてしまっていた手に気付いて、クリスティナはそっと下ろした。

昨日、夕刻まで抱いてくれた彼が愛おしかった。だから、今日でこんなふうに触れられることがなくなるのも苦しい。

「我々に任せてくれ。君は集中してやってくるといい」

「ありがとうございます殿下、皆様」

クリスティナは、改めて礼を告げた。

「いや、いい。……ここで婚約を白紙にでもされたらアレックスが壊れるからな、全力で協力しよう」

「はい？」

ぼそりと聞こえた呟きに顔を上げたら、リアムが咳払いをした。

「なんでもない、健闘を祈る」

クリスティナを見送る彼の後ろで、騎士達が「それ、俺らに言って欲しい」と密かに呟いていた。

六章

　スワンズと再び馬車に乗り込み、クリスティナは専門機関へと向かった。

　訪ねてすぐ、応接室に通された。城の研究課から届いた資料も含めて、最終の検討会が行われている真っ最中だという。

　間もなく、ドレイドがやってきた。

「先祖返りによる魔法の強さへの考慮が及ばず、誠に申し訳ございませんでした」

「いえっ、私がいたらなかったばかりに……」

「あなたは何も悪くないですよ。言葉ではなく〝声〟に重きを置くべきだと気付かなかった私のミスです」

　今回のアレックスの〝容態悪化〟については、言葉というよりクリスティナの声が強く影響した可能性を彼は指摘した。

　けれどドレイドは、どんな状況で発言したのかは尋ねなかった。

　クリスティナは俯いて自分を責めていた。離れたくない、そんな張り裂けそうな想いのもとで『元に戻って』というような言葉を口にした覚えがあったから。

言葉の内容に効力はなかったのだ。別の想いが乗っていたからだろう。

「歌詞も吟味《ぎんみ》した結果、地方の童謡であるこちらが選ばれました。歌によって解除するには相手側の条件も必要なのですが……。試す価値はありそうです」

ドレイドは、紙の束をいくつかテーブルに並べて見せてきた。それは楽譜だった。

「初めて見る曲だわ……」

「地方のものですから――失礼ですが、音楽は？」

「えっと、あまり得意ではないです」

呪い持ちだと知ってからは、人と話すのも苦手になった。

歌うなんてクリスティナにはとんでもないことだ。

「それでは、私が音程を一つずつ教えます。歌詞は読み上げないで鼻歌で覚えましょう」

「でも、声は出ますし……あなた様は大丈夫なのですか？」

「私は結婚していませんが、範疇外《はんちゅうがい》ですから魔法にかかったりはしませんよ」

「え……？」

あっさり断言した彼に驚く。

「時間はあまりありません。殿下達も城で待ってくださっておりますし、頑張りましょう」

「はいっ」

アレックスのことが思い出されて気が引き締まった。

クリスティナは頑張ろうと自分に言い聞かせて挑んだ――その一方、城でもリアム達が頑張りを強いられているとは、知る由もなかった。

◇◇◇

王太子の執務室周りが、いささか物騒だと噂になっていた。

扉前には、指導教官という最前線から退き、現在王族の護衛騎士隊をまとめるベッケンガーがいる。

そしてその周りは、彼の協力に応じて馳《は》せ参じた部下達で固められていた。

近くの警備兵達も不思議がっていた。理由を尋ねたら「あいつらが不憫《ふびん》すぎて……」と口を揃えられ、さらに首を捻ることになった。

室内には今、アレックスが率いる騎士団の騎士達が一班分入っていた。

中央の長椅子に座っているようリアムから命じられた彼が、腕を組み、この状況に首を捻ったのは時計の針がだいぶ動いた頃だった。

「なぜ俺がここで待たなければならないんです？　俺は、常にクリスティナを見ていなければならないのに」

「お前、一昨日まで呪いを解かないとまずいと考えていたことも忘れたのか？　一応言っておいてやるが、それは騎士団長にあるまじきストーカー発言だからな」

ストーカーとは、また失礼な言い方だ。

「俺は、クリスティナの婚約者です」

口にすると誇らしくて、アレックスは胸に手を添えてきらきらと輝く眼差しをした。

それを前にした部下達は、かえってドン引いた表情を強めた。

「団長、あなた一番大事な肩書きが置き去りになってますよ……」

「ストーカーを棚に上げてよく堂々と言いきれましたね……」

「まったくだ」

そう相槌《あいづち》を打ちながら、リアムが向かい側に座り直し、組んだ脚を苛々したように揺らす。

「ったく、ここでお前を隔離しているのは、お前が魔法にかかっているからだぞ。奇異な行動も城で噂になっているし」

彼がぶつぶつ言う言葉は、アレックスの耳を素通りしていく。

頭がふわふわする。とにかく、気分がいい。

アレックスには、自分に素直になれているような解放感があった。本来あるべき姿として、ここにいるようにも感じる。

（そうだ、俺はクリスティナのために存在している）

甘やかしすぎたら困るだろうかとか、そんなことを悩まなくていいのだ。

アレックスは、クリスティナの婚約者だ。結婚して妻になる相手を、とことん特別扱いして何が悪い。

「おい、アレックス。お前、私が言っていることを理解しているか？」

「はい。俺はクリスティナのために生きているんですよね？　まさにその通りかと」

「だ・か・らっ、魔法が強化されて使いものにならないと言っとるんだ！」

ようやく、引っかかるようにその言葉がアレックスの頭に入ってきた。

「魔法？」

しばし間を置き、彼はクリスティナ以外の女性に触れられないことを思い出す。

（そういえば、俺は魔法にかかっているんだったか）

相手が未婚だった場合、ほんの少し触れただけでも弾いてしまうのだ。

一同が見守る中、彼は普段にないくらいゆっくりと考えた。そして、やはりといった結論に辿り着いたところで立ち上がり、拳を握った。

「いいじゃないかっ！　つまり、彼女以外に俺の相手はいないということだろう！」

昨日も、クリスティナと素敵な時間を過ごした。

本で覚えた技の二割もできなかったが、十分に彼女を満足させられたと思う。満足そうに眠りに落ちた彼女の中は震え続けていて、そこに自身が収まっているシチュエーションは最高だった。

それで、つい、抜き挿しをしてしまったけれど。

もちろん、次回に向けて彼女のいいところを探るためだ。

斜めに押し上げるように腰で円を描いて突き上げると、寝ているのに彼女は吸いついてきた。

それから、ゆっくり奥をじりじりと撫でられるのも好きだと確認できた。

射精しないよう、我慢し続けて己の分身を抜き挿しするのもまた快感だった。

彼女もよかったのか、蜜壺をうねらせて時々彼の剛直を欲しがった。

（あの、美しくも卑猥な光景ときたら——）

熟れた愛らしい唇、汗ばんで揺れていた乳房。開かれた白い太腿と、彼のモノをずぶずぶと咥え込んでいる花弁のてらてらとした脈動——閉じた目の睫《まつげ》毛が小さく震えて、寝息交じりに喘ぐ声は腰にきたものだ。

「ああっ、彼女が今何をしているのか見守りに行ってきます！　それでは失礼——」

「させるかバカモノ！　止めろっ、全力で！」

彼が何を思い返していたのか分かったかのように、ゴミでも見るみたいな目を向けていたリアムが素早く命じる。

「団長失礼します！」

騎士団の男達がそう言って、一斉にアレックスを押さえ込みにかかった。

◇◇◇

初めて聞く曲の音程を、頭の中に叩き込むのに随分かかってしまった。気付けば一時間半も過ぎていた。

「ご、ごめんなさいっ」

「いえ、覚えはよい方ですよ。少々地方の訛《なま》りが強い童謡でしたが、うまくリズムも摑めていたと思います。お疲れ様でした」

彼は淡々と告げ、持ち帰らせる書類を封筒に詰めて楽譜もそこに入れた。

スワンズへは、ドレイドが声をかけて馬車を支度させるという。少し休んでいてくださいと言われ、クリスティナは受付の広いフロアで待つことになった。

そこには、たくさんの人が行き来していた。明らかに貴族っぽい人達もちらほら紛れている。

(私と同じ、妖精の子孫の方々かしら……)

つい、職員ではなさそうな少年少女を目で追いかけていた時だった。

「君も体質の相談かい？」

グレーのスーツの中年紳士が、帽子を取って隣に腰を下ろしてきた。

「は、はい……あなた様も？」

「ふふふ、違うよ。私は歴史学者だ。ここへは仕事をしに来たんだよ」

「歴史？」

クリスティナは膝の上に置いた封筒に手を添え、少し考える。

「先生は、妖精の呪いの歴史のことを調べておられるのでしょうか？」

「いんや？　私の専門は民俗学だね。我々は昔からずっと妖精の末裔達と暮らしているのだから、無関係ではないけれど。ところで浮かない顔だね」

「えっ？」

「気になったから声をかけたんだ。とても悲しげに見えた」

悲しげ、という言葉にどきっとした。

（このあとの、アレックス様とのことを考えていたの……）

口にできない答えが喉につかえた。魔法が解けたら切り出さなければならない、婚約解消の言葉を考えていた。

けれど頭の中でまとまらなくて、ぼうっとしていたのだ。

「……そんなに悲しげに見えましたか？」

「ここには不安を抱えている子も多い。けれど君は、悲しみのあまり、今にも消えてしまいそうだった」

「それは……私が〝魅了の呪い持ち〟だからです」

相手に迷惑をかけてしまう性質。〝古の魔法〟はクリスティナにとって〝呪い〟でしかない。

「ははぁ、なるほど。君は『魔法は悪である』という意見みたいだね。古の魔法は数少ない奇跡だ、そう悲観すべきものかな？」

「……はい？」

不思議がられて、クリスティナは驚く。

「人間と妖精の異種婚を叶えたのは、妖精王だ。永遠の寿命と強い魔法の力を取り上げたことによって、妖精は人間と結婚できるようになったんだよ。その歴史を知っているかな？」

急に問われて、クリスティナは首をふるふるっと横に振った。

「でもね、妖精王は魔法をすべてなくしてしまうのは避けたかった。だからその代わりに与えたものが〝古の魔法〟だと言われている。その説を知っている者は、『呪い』だなんて言わないよ」

クリスティナは、ドレイドが『魔法』とだけ口にしていることを思い出した。

それは配慮ではなく、彼自身がこの学者と同じ考えでいるのだ。

「多くの学者が、第一提言者アイリー・クベストの『古の魔法は妖精王の愛』説を支持していてね。妖精の血を引く人間が共存できているのは、中でも君達魅了系の〝性質〟が、とてもうまく考えられていたからで。それは人間に利用されない仕組みになっていることをアイリー・クベストはまず唱えた」

条件その一、魅了の魔法が使えるのは未婚の間である。

条件その二、魅了の魔法が効く相手もまた未婚に限られる。

そして魔法は、結婚することによって必ず解ける。

「あくまで〝古の魔法〟は、妖精とその子孫達へ、妖精王と妖精女王が贈った素敵なモノだと学者の多くは考えている」

「いいえ、違いますっ」

聞いていられない思いが胸に溢れ、思わずクリスティナは言った。

「私のは呪いなんです！　私は妖精ローレライの魅了の魔法で、好きになった人の人生を狂わせてしまったんですっ。しかも、媚薬のように興奮させる効果まで与えてしまってっ」

「なんだって？」

息が苦しい。クリスティナは懺悔《ざんげ》するように言葉を紡いだ。

「彼は、結婚を受け入れて……好きだと言って、熱く……愛を囁いて……」

昨日、アレックスが情熱的に抱いてくれた時間を思い返し、涙が出にくい目をくしゃりと細めて膝の上に置いた封筒を抱えた。

（離れるのであれば、あんなことをしてはいけなかったのに）

クリスティナは彼が恋しくて、愛していて。初めて彼と繋がった幸福感が忘れられずに、また抱いて欲しく思ったのだ。

「お、落ち着きなさい。君は何か勘違いしているね」

深呼吸をしなさいと、彼はクリスティナに促した。背中を呼吸のリズムでとんとんと叩かれて、罪悪感からの苦しさが少し落ち着いていく。

「つまり、猛烈に求められた、ということかな？」

クリスティナはこくんと頷いた。

「それならおかしいよ。魅了には、媚薬みたいに肉体を興奮させる効果はないからね」

「えっ……？」

「基本的に魅了の性質というのは、『見ずにはいられない』という現象を強制的に引き起こして、あくまで好意を持っていると誤解させるだけなんだ――落ち着いたかね？」

「は、はい」

驚きもあって落ち着いたが、かえって混乱してしまった。

「あ、あの、でも一族の中には魅了の魔法で結婚した人がいるんです。相手が正気に戻ってしまって、悲恋を遂げたという例が……」

「魅了は暗示状態みたいなものだよ。だけど、そもそも愛が冷めてしまうのは通常の結婚でもあることだ。魅了の暗示は確かに結婚で解けるし、相手を好きではなかったと気付くこともあるだろうよ。恋は盲目という言葉を知っているかい？　僕は魅了の魔法に限らず、恋とはそもそもそういうものだと思っているよ」

学者の彼は、そういった考察にもかなり詳しいらしい。

「肉体面の影響はないとおっしゃっていましたが、その、彼は私の魅了系魔法で他の女性に触ることができなくなったんです」

「それは、あくまでローレライ独自の魔法だろうね。『この人は誰にも渡したくない』という独占欲によるものだ。人間との恋の経緯によっては、稀《まれ》にそういうこともあるという事例がある。でも、それだけだね」

「……そうすると、アレックス様が興奮状態になるのはおかしい？」

「あり得ないね。暗示だけで肉体の繁殖機能を活性化させるなんて不可能——おっと、失礼。もし彼が熱心に君を求めるというのなら、抑え込んでいた本心が引きずり出されている状態ではないかな」

　クリスティナは混乱した。

　放心、と言った方が正しいかもしれない。覚悟を決めて『歌』を受け取ったのに、博識な学者が思ってもみなかったことを告げたのだ。

「おや、固まってしまったね。どうしたの？」

「そ、それはそうです。だって、偽りの好きな気持ちを与えるのではなく、あなた様は本心を引き出すと。そうするとアレックス様は私へ想いがあるのですか？　呪いのせいだけではなかった……？」

　アレックスが熱く抱いたのも、我慢ができないと言って欲情から悩ましげに苦しそうにしていたのも。

　すると見つめていた学者が、ピンときた表情を浮かべた。

「ははぁ、なるほど。君は知らないようだね。そもそも魅了系魔法の発動条件は〝君と恋仲になる可能性のある異性〟に限られる」

「……はい？」

「君が魅了系の魔法性質を持っていても、相談員が平気な顔で対応できるのはそのためだよ。未婚でも、君を見てもまったくときめきを抱かない男性は、魔法の対象外だ」

「そういえば、ドレイド様も『範疇外』と口にしていたわ……」

「おや、ドレイド君の相談者だったのかい？　珍しいね、彼は滅多に担当にはつかないんだが。ああ、自己紹介が遅れてすまない。私はエーヴォ王立学会に所属しているトニー・アブダスだ」

「あ、私はトリント子爵家の、クリスティナです」

クリスティナは婚約云々を伏せつつ、ドレイドの知り合いだというトニーに、自分は魔法の解除のためにここに来たことを打ち明けた。

「ほぉ、妖精ローレライなのに歌での解除か、珍しいな。歌によって魔法を発動する妖精達が歌うのは、真実の愛の歌なんだよ」

「え!?」

「歌に言葉はなく、妖精達は各々の〝鳴き声〟で音程を刻んだという。真実の愛の歌で解除するにはある条件が必要だ。相手の人間の愛が本物なら魔法が解ける——ふふ、私もドレイド君の治療の試みが楽しみになってきたな」

成功すれば妖精ローレライについて新たな発見になるし、初の実例だ。

けれどクリスティナは、別の意味で指先が震えていた。心臓がどくどくと鼓動して、頬が上気する。

「で、では、もし歌で呪いが解けたなら……」

「呪いではなく、魔法だよ。君の魔法にかかった相手の話を聞いてから、私はずっと思っていたんだけど」

そこでトニーが、こらえきれない様子でふふっと笑い声を上げた。

「君ら、相思相愛なんじゃないの？」

クリスティナは顔を真っ赤にした。彼が去り、ドレイドが呼びに来た時には不安も悲しみも吹き飛んでしまっていた。

◇◇◇

スワンズと合流し、馬車に乗り込んで再び城へと走る。

「何やらすっきりされているご様子で、よかったです」

絶望感や陰りを察知されていたようで、ふとそんなことを言われてクリスティナはどきりとした。

けれど彼はほっとした様子で、詳細は尋ねてこなかった。

「いってらっしゃいませ。旦那様と出てくるのをお待ちしております」

城に到着すると、彼は安心した顔で見送った。

もしかしたらやはり違うのではないかという一抹《いちまつ》の不安。そして期待。大きな胸の鼓動を聞きながら、騎士達に案内されて王太子の執務室へ向かった。

「リアム王太子殿下、クリスティナ嬢のご到着です」

騎士がそう告げて許可をもらう。

クリスティナは、扉前で疲労感を漂わせている護衛騎士達の様子が気になった。けれど入室したところで、やや荒れた室内に目を丸くする。

執務机の前にあった家具類が、壁側へ雑に移動されていた。

中央にはアレックスがいて、懐くみたいに部下達が囲んでいる。

「何も聞かないでくれ、クリスティナ嬢」

すぐそこの長椅子で疲労感を漂わせて座っていたリアムに、視線を寄こされるなりそう先に言われてしまった。

王太子にそう言われてしまっては、クリスティナに問う言葉はない。

そもそも、彼女もそんな余裕はなかった。アレックスと目が合った途端、緊張でこくりと喉を鳴らした。

「皆様、ありがとうございました。……歌で解除する方法を、教わってきました」

言いながら、多くの考えが頭の中で渦巻いてつい俯いてしまった。

その思いつめた表情を見て、室内が静かになる。

「クリスティナ嬢、こちらへ」

立ち上がったリアムに促され、緊張で固まっていた足を前に進めた。

「こちらがドレイド様からお預かりしたものです」

「うむ。確かに受け取った」

まずは封筒を手渡した。リアムが中身をざっと確認したので、ドレイドと話したことも口頭で報告する。

「——なるほど。これが、その楽譜か」

彼は、一緒に入っていた童謡の楽譜を眺めた。

「我々が耳にしても問題がない、ということで間違いないか？」

「はい。私に興味がない人にはかからないと、偶然居合わせた学者様に教えられました」

「名前は聞いたか？」

「トニー・アブダスと名乗っておられました」

「何っ？　あのアブダス氏か……。彼は他にも何か言ったか？」

どうやら知っている学者であるらしい。王族が把握しているくらいなので、よほど偉いお方なのかもしれない。

クリスティナは、彼のすぐ向こうにいる愛しい人をちらりと見た。

（ああ、アレックス様……）

部下達に囲まれている彼は、少しぼんやりしているみたいだった。しかし目が合うと、その赤い瞳に輝きが宿っていく。

今すぐ確かめたい。

そんな想いが込み上げたが、呪いがある状態ではだめだと理性で踏み留まった。トニーと話してから急浮上した可能性は、クリスティナにとって希望そのものだったから。

「トニー様に教えられました。妖精が歌うのは……真実の愛の歌だと」

リアム達が息を呑むのを感じた。

クリスティナは知らず一歩、二歩とアレックスに向かって進んでいた。すがるように目を細める。

「もし、歌であなたの魔法が解ければ――アレックス様の私への想いは、魅了系魔法のせいではなかったということになるようです」

期待と、そして違っていたらという絶望に声が震えそうになる。

するとアレックスが、部下達やリアムの開けた道を進み、性格が変わってしまう前の静かな眼差しで目の前に立った。

「――言っただろう。俺には、君しかいないんだ」

彼が、クリスティナの頬にかかっているブルーがかった銀色の髪に触れた。その手は、やがてゆっくりと頬を覆う。

クリスティナはその温もりを一身に感じるように、ぎゅっと目を閉じた。

それは、本当なのか。

緊張で心が震える。この手を、信じたいと思ってしまう。

「魔法を解こう、クリスティナ」

彼の手が、ゆっくりと離れていった。

しっとりと濡れた水色の目を開くと、そこには優しく微笑む彼がいた。

「ええ、そうですね」

彼の優しい目を見て、緊張が溶けていくのを感じた。

「私の一族には歌を習う慣習がなくて……。上手じゃないんですけど、聞いてくれますか？」

「もちろんだとも」

ただの童謡だ。それなのに彼は、嬉しそうに目を細めた。

クリスティナは、涙の出にくいはずの目から、何かがこぼれ出てきそうに感じた。すると見守っていたリアムが、困ったように笑みを浮かべて言う。

「さあ、試してごらん」

最後まで見届けてくれるようだ。室内にいる騎士達も、王太子と同じ意思だと言わんばかりに、ちょっと泣きそうな顔で頷き返してくれた。

クリスティナは楽譜を持つと、目の前にいるアレックスへ愛を込めて、小さなその唇を開き――歌った。

彼女の声は、女性達をうっとりとさせる兄のサリユスの囁きと同じだ。

ひとたび耳にすれば異性の心を惹きつける。

「ほぉ、これはまた――」

リアムも腕を引き寄せ、感心して聞き入っていた。

童謡とは思えない〝歌〟を、その美しくも愛らしい声が奏でていく。

クリスティナはアレックスのために歌った。彼女の胸元で妖精石が淡く光を帯び、その中に閉じ込められていたグリーンの輝きが徐々に消えて――。

「いい歌だった。いいものを聞かせてもらったよ」

リアムの小さな拍手を聞いて、クリスティナははたと我に返った。

歌に集中していて時間を忘れていた。

(アレックス様は?)

歌っている間、目に見える異変は起こらなかった。

嫌な想像がかき立てられて、心臓がどくどくと鳴る。呪いは解けなかったのだろうか。効果がなかった?

クリスティナは、緊張して恐る恐る確認した。だが上目遣いに見やった瞬間、そこに感激した様子の彼がいて驚いた。

「ああっ、クリスティナ! とても素晴らしい歌だった! まさに女神だ! いやっ、天使の歌声とも言う!」

「え? あの、ありがとうございます……?」

急に勢いよく喋り出したアレックスが、大きな声で続けてくる。

「本っっっ当に素晴らしい歌声だ! 歌声を聞かされたのが俺が初めてなんて光栄だよ!

今日を記念日として覚えておこうと思うっ！　子供ができたら子守唄を、いやっ、その時にはぜひ俺にも聞かせて欲しい！」

クリスティナは、すぐに事態が呑み込めなかった。

（……あら？　変わっていない？）

目の前にいるのは確かにアレックスなのだが、テンションも加わってさらにおかしなことになっている気がする。

見てみると、リアムは額を押さえていた。続いてアレックスの部下の騎士達の方を見てみれば、なぜか溜息を吐いたり天を仰いだり――。

呪いが解けているのかいないのか、彼らの反応からは分からない。

そう悩んだところで、ハッと妖精石の存在を思い出した。細いチェーンを引っ張ったクリスティナは、目をゆるゆると見開く。

「…………無色、だわ」

魔法がかかっていない状態を示す色だ。

とすると、今のアレックスに魔法の効果はないはずなのに――と思った時、急に目の前が影になった。

「ん？　――きゃあ!?」

次の瞬間、クリスティナはアレックスに抱き上げられていた。楽譜がぱさりと床に落ちる。

「俺は即刻帰るぞ！　呪いは解けたっ、愛していると信じてもらえるようになった！　これはもうクリスティナとイチャイチャするしかないっ、全身全霊でまずは愛を伝えまくるっ、二人の時間を邪魔されたくないので帰るからな！」

彼の強い主張に、クリスティナは疑問符が頭にいっぱい浮かんだ。

（これは……いったいどういう状況なのかしら？）

とても嬉しいことも言われているのだけれど、繰り出される言葉の数々に、頭の理解が追いつかない。

すると、許可も待たず勝手に扉へと向かった彼の前に、慌てて騎士達が回り込んだ。

「落ち着いてくださ い団長！　変態感がだだ漏れですよ！」

「クリスティナの前ではもう変態であっても構わない！　彼女が、俺が愛しているかどうか知りたくて歌ってくれたんだぞ！　これはもうっ、完全な相思相愛！　それに、もう誤解されなくなった！」

「おい待てっ、仕事で使いものにならなくて困っていた私のことは考えないのかっ？」

「まったく！」

王太子に向かって、アレックスが堂々言い放つ。

「ま、待ってて、とにかく待ってください」

リアムのこめかみに青筋が立ち、今にも喧嘩が始まりそうだと感じたクリスティナは、慌てて殿方達を落ち着けた。

「いったいどういうことですか？　それに、アレックス様は信じてもらえるようになったともおっしゃっていましたけれど……それは、私に、ということですか？」

正直、混乱している。リアム達は魔法が解除されたと分かってやりとりをしているようだったが、今のアレックスは魔法が強化されていた時とはまた違った方向性ですさまじい。

室内に神妙な沈黙が漂った。

どうしたものか、とリアムが騎士達と顔を見合わせた時だった。

「俺は、ずっと君のファンだった」

「えっ」

アレックスが一度クリスティナを下ろし、正面から真剣な様子でそう告げた。その向こうからリアム達が素早くひどい形相で見てくる。

「ファ、ファン、ですか……？」

「そうだ。初めて会った時に、俺は君のことが猛烈に最推しとなったんだ」

聞き返したのに、謎が深まった。

「それから、俺はずっと君を見守ってきた。デビュタントとして社交に臨んでいくステップもすべて見届けたし、君が出た社交もすべて網羅した。着ていたドレスだって全部覚えている」

「私が出かけるところ、すべて……」

それ、もしかしてストーカーでは、と彼とは似つかない単語が浮かんだ。

けれど正直、今は喜びでそれどころではない。クリスティナは速まっていく自分の鼓動に手をあてた。

あまり社交にも出ない生活だったのに、ずっと見ていてくれた男性がいた。

しかも、それは彼だったのだ。口元がにやけそうになった時、リアムが口元をひきつらせつつ歩み寄ってきた。

「ク、クリスティナ嬢、どうかアレックスを気味悪いと思わないで欲しい。こう、純愛すぎて行動が過多だったというか」

「団長を見捨てないであげてください！」

騎士に必死の声を上げられて、クリスティナはびっくりした。

「団長がクリスティナ嬢を好きだったのは確かなんです！　あなたへの見守りで、めっちゃ迷惑をかけられていたくらいです！」

「会場の警備業務にねじ込まれたり、団長の本来の業務がおろそかにならないようにフォローしたり、とにかくこの五年、色々と本当に大変だったんです！」

なぜか涙目で彼らが口々に言ってきた。

突然のことで、クリスティナはぽかんとしてしまった。早口でよく聞き取れないのだけれど、揃って『お願いだから婚約を解消しないで』と訴えている気がする。

「あのー……そもそも気味が悪いなんて、思っていませんわ」

「へ……？」

今度は、リアム達が気の抜けた顔をした。

「だってアレックス様が、出会った時のことをずっと覚えてくれていて……今まで気にかけてくださっていて、嬉しい」

体温がじわりと集まった頬を手で押さえた。恥じらいで、声が小さくなる。

(私、想ってくれた人と婚約したのだわ)

初めて憧れた男性が、クリスティナのことをずっと見てくれていたのだ。そして彼女は幼い頃に思い描いていた理想の婚約をした。

「……クリスティナ、嬉しいのか？　俺が見守ってきたことが？」

アレックスが、緊張をゆっくりと吐き出すように言った。

「あっ、そ、その、突然で驚きましたが、少女の頃に初めて憧れた人がアレックス様だったんです。ずっと気にかけて、覚えてくださっていて……大人になってから結婚の意思を伝えられたなんて、ロマンチックで」

クリスティナは、手で押さえても隠しきれないほど真っ赤になった。恥ずかしかったが、嬉しくて視線を逃がしつつ正直に打ち明けた。アレックスの反応がどうなのかとても緊張した。

だが、いつまで経っても静かだった。気になってちらりと見上げたら、彼が目元をカッと赤らめた。

「ありがとうっ、ありがとうクリスティナ！　好きだ！　ああ、君に好きだと堂々と言えるのも嬉しい！」

「えっ⁉　す、すすす好……⁉」

「ああっ、君がずっと好きだったんだ！　愛してる！　君が気にしていた魔法だって解けた。今日から全力で愛していくからな！　俺が我慢できないので、今からすぐにでもこの愛を全身で伝えたいっ！」

彼が抱き上げて嬉しそうにくるくると回ることまでしてしまい、クリスティナは湯気が立つほど赤面した。こんなにも全力で男性に愛や好意を伝えられたのは生まれて初めてだ。

(と、というか、昨日もあんなに激しかったのに全力ではなかったの⁉)

でも、直球で想いを伝えられたのがとても嬉しかった。

彼が、昨日と同じく強くシたがっていることにも心臓が大変なことになっている。

「ア、アレックス様、その」

「だめか？　言葉だけでは足りないんだ」

唇に素早く彼がキスをし、顔中にもキスをしてきた。

「好きだ、大好きだクリスティナ。出会った頃も、これまで見てきたどの年齢の君も、成人を迎えた今の君だって大好きだ。俺のすべてで愛してる」

ぽかんと口を開けたリアム達に見られている中での求愛コールは、たまらないくらい恥ずかしかった。

「う、嬉しいですけれど、今はストップですっ」

クリスティナは彼の唇を遮ろうとした。けれど彼はその手をあっさり摑むと、向けられた手のひらにも構わずキスをした。

「ああっ、そんなところもとても可愛い！」

「お、お願いです、か、かわっ……と言うのも、ここでは少し控えていただけると……っ」

「人がいなければいいのか？」

彼が、当たり前のことを尋ねてきた。

考えたら普通分かることなのだが、堅物なのでそうするのも初めてなのだろう。そう勘繰ってクリスティナは胸がきゅんっとした。

嬉しくて、恥ずかしくて、心臓がばくばくと鳴っている。

顔の前に手を出したまま、恥じらいつつも指の間からじっと見つめ返す。

「そう、です……」

「よしっ、なら帰ろう！　今すぐに！」

クリスティナを抱く腕の力を強め、アレックスが走って部屋を飛び出した。

まるで嵐のようにいなくなっていった騎士団長を、部下達は呆然と見送った。扉を蹴破って廊下へ出た彼へ、護衛騎士隊長が「お前はっ」と説教を投げていた。

「あー……まぁ、クリスティナ嬢は少々大変だろうが、これにて一件落着ということで放っておこう」

リアムも、止めろとは言わなかった。

「そうですね。このあとを考えると、見送ってよかったのか心配になりますけど……」

「でも、クリスティナ嬢が『変態！　さいてー！』となって、団長が再起不能にならなくてほんとよかったですよね」

――そうなったらなったで、めんどくさい。

リアム達は、優秀なのでなくすには惜しい、実に面倒なストーカー騎士団長を思ったのだった。

◇◇◇

城の入口でスワンズが待っていた。

アレックスは余裕がなさそうだったが、ぐっとこらえて魔法が解けたことを彼に伝え、馬車を急ぎ屋敷まで向かわせた。

車内では紳士淑女の節度を守っていたものの、隣り合って座っていた彼の手は、クリスティナの手を強く握り続けていた。

だが、その我慢も屋敷に着くまでだ。

スワンズが二人の下車を見届けた途端、彼はクリスティナを再び抱き上げた。

「あっ、待って」

「我慢などできるはずがない。君のことを、五年も観察し続けていたんだぞ」

見守る、ではなくじっとり見ていたというような『観察』に、クリスティナは頬を恋する乙女の恥じらいに染めた。

慌てて出てきたメイド達に、アレックスは「寝所へ行く」と告げ、あとをスワンズに任せて二階の寝室へと急ぐ。

「俺にとって君は天使で、女神だ。その女神が俺のことを想って切なくなり、一人の男として俺に憧れてくれていて、歌声も聞かせてくれたっ。この心の昂りは、キスやちょっとの触れ合いだけでは到底収まるものではない」

クリスティナは顔が一層熱くなった。出会ってからずっと、彼はそのくらい一日も欠かさず彼女を想ってくれていたのだ。

(まるで……運命の恋みたいだわ)

彼の勢いは好意の強さを伝えてきて、胸は高鳴り続けていた。

彼の寝室は、もちろん夫婦の行為のための準備などされていない。

入ってみるとカーテンは開かれ、窓からは外の風が流れ込み、美しい日差しが降り注いでいた。

そのままアレックスの大きなベッドに横たえられた。

急いでいるのにその仕草は優しくて、一層胸が高鳴ってくる。

「脱がせるよ」

頬に素早くキスをしたアレックスが、クリスティナの頷きを見ると、厚地の上着の留め具などを緩め始める。

「これも、――もういらないな」

アレックスはネックレスも外した。

昨日を思い出し、クリスティナはいよいよ心臓の鼓動が大きくなった。

これからのことに邪魔だったからかもしれない。昨日後ろから彼に貫かれていた時も、たびたび顎にあたって気になった。

（今日は、そんなことを考える暇もないくらい……二人のことに集中してもらいたいのかもしれない）

クリスティナは胸元に手を引き寄せ、ちらりと窓の方を見た。軍服のジャケットを脱ぎ、続いてネクタイを引っ張って外した彼に尋ねた。

「あ、あの、窓は」

「あとで閉めよう、一度してから……」

アレックスがクリスティナにまたがり、待ちきれなかったみたいにキスをした。手を握り合い、口づけを深めていく。

「んっ、んん……んぅ」

キスをしながら、こすりつけるように身体を重ねる。

けれど、それでは足りなかったようだ。彼は片手をほどくとすぐクリスティナの緩くなったドレスに手を這わせた。

「あっ、ン」

まさぐってくる手の熱に、身体がはねて唇が離れる。

すると彼は早急に締めつけのなくなった胸を下から上へと形を変え、まんべんなく肌に手を滑らせ、どんどん衣装を乱した。

「んんっ、ずっと見てくださっていたのなら、お声をかけてくださればよかったのに」

スカートを両手でたくし上げられ、尻を摑まれてびくんっとする。握られ、広げるみたいに引っ張られて奥がきゅっと疼いた。

「俺は年上で、君は十二歳年下の、美しい少女で」

湿った吐息をもらすアレックスが腰を引き寄せながら、片手で襟を引きずり下ろした。

乳房がぶるんっとこぼれると、すぐそこへしゃぶりつく。

「あぁっ、あっ……」

「ここを、強く吸われるのも君は好きだよな。俺も好きだ」

ちゅーっと強く吸い上げ、もう片方を指で引っ張られた。

乳輪がつんっと立ち上がり始めると、彼は先端をこすったり、指で弾いたりする。

「すまない。もう、ここを触りたくてたまらない」

アレックスが落ち着きなく身体を揺らし、ごそごそと太腿へ手を伸ばした。

待っていると、やがて彼の手が脚の付け根へ辿り着いた。

「……あ……ン」

そこは、すでにいやらしい湿り気を帯びていた。彼の指が下着越しに秘裂を探りあてると、薄い布が水気を吸って濡れる。

「すごい、少ししか触っていないのに、こんなに――」

彼が喉仏を上下させた。じっくり濡れ具合を確かめるように触れたのち、クリスティナの反応を見ながら徐々に指の動きを速めていく。

「あっ、あぁ……っ」

敏感な部分で円を描き、疼く割れ目を刺激されクリスティナは腰が揺れた。

ベッドで悶える彼女を見つめる彼の目が、次第に熱を増す。

そこに大人の男の興奮を見て、クリスティナは高揚感を覚えた。あられもなく感じ始めているが、彼が喜んでくれるのなら嬉しい。

「君も、欲しがってくれているんだな。反応がいい――もっと強めていいか？」

「……は、い……んんっ、ン」

大きな手の熱が愛おしい。クリスティナは彼の袖を掴み、びくびくっと腰をはねさせながらも彼から視線をそらさなかった。

「すまない、窓が開いているから我慢させているんだな。……まずは一回だけ、そうしたら閉めに行くから……」

間もなく彼の指が隘路を開いた。とろとろと流れてくる愛液を絡めると、膣壁をこすってクリスティナの快感を高める。出入りする指に余裕はなくなっていた。

「はぁっ、あ、あぁっ……アレックス様、もう」

大丈夫だと伝えようとした。

触れている身体からも興奮している体温が伝わってきた。彼も欲情を抱えて苦しいだろう。早く、彼にも気持ちよくなってもらいたい――。

すると彼が息を呑み、はくはくと喘いでいるクリスティナの口を唇で塞いだ。

彼の指使いが一気に激しくなった。与えられる悦楽で頭はいっぱいになる。

「んんんっ、んっ、んんっ」

クリスティナは彼の口の中に甘い声を隠し、次の段階へ進もうとする彼を手伝うように、腰を浮かせた。

卑猥なことを、進んでするのが恥ずかしい。

でも、彼女は彼から向けられている欲情が嬉しいのだ。魔法ではなく、彼の意思で熱を持ってくれている。

そんな想いに反応したのか、下腹部がきゅぅっと甘く収縮した。

「ふっ、ん、んんっ……んんんぅ！」

甘美な心地がじーんっと強まった次の瞬間、キスをしたまま達した。

アレックスが指を引き抜く。素早く下着を抜き取り、自身のズボンも下ろして、クリスティナの白い脚を開かせる。

「あっ……年齢なんて、お気になさらなくてもよろしかったのに」

蜜口の蜜を自身の先へ塗りながら、彼が悩ましい顔で見下ろしてきた。

「俺は、出会った時は二十五歳だった。君は、十三歳だ。翌年の社交シーズンで見かけた時も……君は、まだ十四歳で」

「アレックス様。私は、あなたのような素敵な大人の男性がいることを、出会った日に初めて知りました」

アレックスが、初めて手を止めた。

「社交デビューをするという怖さが、ほんの少しだけなくなったんです。もう一度言います、あなたが、私が生まれて初めて憧れた男性だったんです」

「クリスティナ……」

彼がゆるゆると目を見開く。頬が、より赤味を増した。

蜜口にあてられている彼のモノがびくんっと震え、また大きさを増したのをクリスティナは感じた。

「ン……興奮、してくれているんですか？　私の言葉で？」

「そ、それは興奮もするっ。嬉しすぎて……」

「ふふ、じゃあおあいこですね。まだ幼かった私を好きになってくれたと知って、私も嬉しく思いました。……まだ子供だったので、恋と自覚したのは再会したあとです」

クリスティナは唇を手で少し隠し、恥じらいながら打ち明けた。

「もし、アレックス様が社交で声をかけて、私に好意があると教えてくださっていたとしたら、私は……十八歳を寂しく迎えずに済みました。喜びで、誕生日と同時に結婚式を迎えられたと思います」

つい、恥ずかしくてごにょごにょと言ってしまった。

「クリスティナ！」

不意に、ずぐんっと彼の猛りを一気に奥まで入れられた。

「あぁぁっ」

貫かれた拍子に、クリスティナは甘い歓喜が身体中を走り抜けてのけぞった。彼が身体を倒し、抱き寄せてくれる。

「俺にとっても、君は初めて憧れた女性だった。愛してる」

噛みつくように唇を奪われた。アレックスが隘路を自身でこすって愛液を誘い出すと、滑りが生まれてすぐ大きく突き上げられた。

クリスティナも、彼の背中のシャツを握って抽送を受け入れる。

すぐにでも互いの結びつきを感じたかった。つたなくも、彼女も彼に応えて、感じるままに腰を揺らした。

「んっ、んっ、んんっ」

突き上げられるたび、膣奥は強い快感を起こし、また突いてとねだるように蜜壺をわななかせる。

二人が上下に揺れる動きに合わせて、ベッドが軋む。

途切れることがない衣擦れの音が窓から吹き込む風に交じっていた。

(——これが、愛し合い)

クリスティナは胸が高鳴るままに身体を委ねた。のしかかり、密着してくれているアレックスの体温まで愛おしすぎた。力強く穿つ彼自身の雄々しさにも心が震える。

「は、ぁっ、アレックス様、あっあっあ……っ」

唇が離れ、左右に腕を置いた彼に激しく全身を揺さぶられた。

窓が開いているので声を抑えないといけない。そんな思いも頭から飛んだ。

「ああっ、あっ、ン、ああっん、はんっ」

気持ちよすぎて、幸せすぎて、声を出さずにはいられない。

「クリスティナっ、愛しいクリスティナ……！　出したいっ、君の中に、早くっ」

夢中になった彼が、あらん限りの力で腰を打ちつける。

彼のズボンはとうに膝まで滑り落ち、シャツもクリスティナが掴んでしまったせいで、逞しい肩が覗いていた。

(嬉しい)

そこには子種を注ぎたい一心で腰を振り欲情した、愛する男性がいた。

彼に求められていることに喜びが込み上げる。きゅうっと子宮が収縮し、肉棒に突かれる快感を強めた。

「あんっ、あっ、も、イく、あっあ……だめ……っ、あぁぁ！」

快感が奥で弾け、クリスティナは背をびくびくっと震わせて達した。

「締めつけがっ、よすぎる……！」

アレックスが腰を押さえ込み、我慢せず膣奥に欲望を放った。

魔法で真実の愛が確かめられた今、不安なんてなかった。

子供ができる行為に彼の想いが込められている。その精を、脚を広げ腰を押しつけて一番奥に受け止める。

「……あぁ……あっ」

分けて注がれる熱に、クリスティナは時々ぴくんっと腰をはねさせた。

「まだ、抜きたくないな」

アレックスが、詰めていた息をもらした。一度吐き出したものの、彼のものは固いままだ。

開いた窓の向こうからは、庭園の植物が風で揺れる音がしてきた。

おそらく窓を閉める云々のことを言っているのだろうと、胸を上下させながらクリスティナも間もなく気付いた。

「でも、まだ脱いでもいませんし……続きを、ここで待っていますから」

クリスティナは、動けなくて自分では脱げないことをぽそぽそと伝え、恥ずかしそうに顔を横に向ける。

「あ、ああ、そうだなっ」

外にもれるほど声が出ることをするなら——そんな彼女の意図を察したらしい。アレックスが一度繋がりを解き、窓を閉めてくれた。

戻ってくるまでに彼はすべて脱ぎ捨てて、ベッドに上がった。

アレックスはクリスティナの汗ばんだ身体に引っかかっていた衣装もあっという間に脱がせると、手を握り、裸で身体を重ね直す。

「あっんんぅ……っ」

ぬぷりと入ってきた熱に、ぶるっと蜜壺を震わせた。

「また、イった？」

すべて中に収めたアレックスが、満足そうな息をもらす。

「は、い……」

クリスティナは、びくびくっと小さく震えながら素直に答えた。

彼がいなくなってしまったそこは、切なく寂しかった。再び繋がったことが幸せで目頭まで熱くなる。

達した震えが少し収まるのを待っていたアレックスが、涙に気付いてキスをした。

「んっ、舐めては」

「大丈夫だよ。俺達は、もう魔法にはかからない」

彼が、ふっと吐息で笑った。もう彼はクリスティナに好意を抱く可能性がある男性ではなく、彼女と愛し合ったたった一人の人だから。

「涙が出にくいはずなのに、君はベッドでよく泣くな」

「……い、意地悪です」

「ああ、ごめん。君の涙はぐっとくるんだ。出るのは……まぁ、俺が感じさせているせいだ。それも嬉しくて」

汗で少し冷えたのを感じたのか、裸同士になった二人の体温を再び上げるように、アレックスがゆっくり腰を揺らし始めた。

「あっ……はぁ、気持ちいい……」

「そうか、よかった。もうとろとろだな、熱くて、気持ちよくて、俺もここからずっと出たくない。——愛してるよクリスティナ」

アレックスが顔中にキスをくれる。

唇で、好きだと何度も伝えてくれているのだ。そんな彼が嬉しくて、クリスティナは頬を包む彼の大きな手を自分の方へ引き寄せた。

「私……幸せです」

「知ってる。嬉しい時だって、涙は出るんだ」

見つめ合い、話しながら二人の顔が近づく。

そして、ごく自然にキスをしていた。互いに唇を吸い合いながら、何も着ていない肌を

なぞり、腕を回して深く抱き合い二回目の行為が始まる。

「……あ、ン……アレックス様……っ、あ」

脚も絡めて、クリスティナは全身で彼を感じた。

「クリスティナ、愛してる。今日は夜まで放さない——俺の手で、もっと気持ちよくなった涙を見たい。一晩中、君に子種を注ぎ続けていたい」

「一晩中は、さすがに難しいのでは……んんっ」

再び舌を絡めるキスをされた。

激しさを増す腰の動きと合わせて、クリスティナも彼との行為に溺れた。

今この時の愛し合いを大切にしたい。二人の想いは一緒だった。日中の陽が差し込んでいるのも構わず、甘い吐息を上げて、時にはベッドを激しく軋ませて愛の行為に耽った。

幸福の中で、クリスティナは二回目の彼の子種を受け止めた。

けれど、そこからまた長く——クリスティナは彼が言っていたように、一晩中ベッドの中で過ごすことになってしまったのだった。

エピローグ

魔法のことが解決してからも、もろちん二人の婚約は続いた。

クリスティナは、アレックスと幸せいっぱいの婚前同棲を送ることになった。

平日は彼の出仕を見送り、帰りは妻のような気持ちで出迎えた。

初めて迎えた両想いの週末には、大人気の劇を、リアムからもらった特別席のチケットで観劇しデートもした。

騎士団から、なぜか過剰すぎる礼と祝いの言葉をもらった。

そして、リアムからはそれに加えて詫びの手紙が届いた。

彼はアレックスの気持ちを知ったうえで、婚約の仲人になったらしい。それもまた、クリスティナには嬉しい報告だった。

(ふふっ――私、幸せだわ)

週明けには、兄のサリユスからも手紙が来た。デートのことが城で噂になっているらしい。

彼は『ローレライの性質は、もう大丈夫かい？』と優しい一言を添えていた。

ずっと守ってくれていた兄だった。彼女は、今度は幸せな気持ちでもう大丈夫だとしっかり答えることができた。

生まれ持った性質のことで婚約中にも心配をかけてしまったが、今はアレックスがどれだけ自分を愛してくれているのか分かっている、と。

本当の愛の前には、性質も魔法も関係がなかった。

彼というよき人に出会えた。結婚の許可が下りたことを幸せに思っている。

入籍して彼の名字になる日が楽しみなのだと書いて、クリスティナは兄に手紙の返事を出した。

とはいえ、婚前同棲した堅物の騎士団長様は、まさかの野獣系であったらしい。

再び迎えた週末休みも、クリスティナは二度目の大寝坊をした。

(起きないと……)

瞼の裏が眩しい。とっくに陽は高くなってしまっているのが分かったが、身体が重くて動かなかった。

昨夜、翌日に仕事がないアレックスに〝おねだり〟されて、早めの夕食のあとはベッドでずっと激しい運動をしていた。今度は意識を飛ばさずに済んで、彼に抱えられ二人で湯浴みをして就寝したのだ。

そう思い返した時、鼻につく甘ったるい声が聞こえてどきっとした。

なんだろうと思って身をよじった彼女は、その時になって強烈な快感を覚え、ハッと目を開けた。

「あぁぁ……っ」

喘ぎ声は、自分の口から出ているものだった。

見てみるとクリスティナの膝は立てられ、めくり上がったネグリジェの間に、顔を埋めているアレックスの姿があった。

「あんっ、ン、な、なんで」

「ああ、ようやく起きたのか。反応があったから、もしかしたらと思ったんだ」

目が合ったのに、彼は指で押し広げたクリスティナのそこを舐め続ける。

わけが分からない。話しているのだから、普通はそこでやめるのではないだろうか。

その時、彼の舌が中へと差し込まれた。

「んゃぁああぁっ」

強烈な悦楽が起こって、クリスティナは甘い悲鳴を上げて達した。背をしならせて、びくんびくんっとベッドの上ではねてしまう。

「ああ、起きていると感度が違うのだな」

感激したようにアレックスが言う。

彼もクリスティナとするまでは童貞だった。知識は吸収したが、実際にやってみたいことが色々あるのだと は先日打ち明けられたばかりだ。

（けれどっ、でも……！）

クリスティナは混乱し、羞恥に染まった顔で彼を見る。

「ど、どうして寝ているのに触れているのですかっ」

「君が起きるまでは我慢しようと思っていたんだ。しかしっ、様子を見に戻ってきたら朝の日差しに照らし出されている君が……！」

「……私が？」

言葉を詰まらせた彼に、嫌な予感を覚える。

「俺の贈ったネグリジェを着ている君が女神すぎた！　尊いっ！」

がばりとのしかかられて、快楽に色づいた首筋に吸いつかれた。

「あんっ、こ、これはアレックス様が着せてくださったものであってっ」

昨夜も身体が動かないほどどされ、浴室でも湯に浸かりながらシた。使用人の手を借りず寝巻きも彼が着せたというのに、なぜ興奮しているのか。

「んんっ――待ってアレックス様、私、起きたばかりで」

「寝起きの声もよすぎる。かすれていて、ぐっとくる」

それは昨夜、彼が散々喘がせたせいではないだろうか。

そんなことが浮かんだが、薄い布越しに胸を揉まれたり、彼の下で太腿を大きく開かれたりして、再び奥が疼いてくる。

「あっ……あ、だめ……」

「起きるまで、ほぐして待っていようと思ったんだ。寝ている間に高めたら、朝一番でする際に女性側がものすごく気持ちいい、と本に書いてあった」

いったい、誰がそんな本を書いたのか。

「君に着せてみたいネグリジェがたくさんある。どれも一枚ずつ試してみたいが、ああっ、今はこれを着た君でシていいかっ」

尋ねている最中にも、彼が勃った自身を蜜口へくちゅりとあてた。

「ひぅっ、や、待って」

その感触だけでぞくぞくした。大きな手が逃がさないと言わんばかりにクリスティナの腰を摑まえて——。

「あああぁっ……！」

恐ろしいくらい、なんの抵抗もなくぬぷりと奥まで収まった。

すぐアレックスが突き上げ始める。

「入れただけでイったのか？　気持ちいいんだな」

「あっ、ン、ま、待って、ああっ！」

全身が揺すられる。彼自身にこすられた膣がカッと熱を持ち、クリスティナは次の絶頂へと向かわされた。

休日なので、午前中の空気を味わいながら外出をしようと予定していたのだが、やはり早い時間の出発は難しそうだ。

リアムが『君には苦労をかけるが』と匂わせていた通り、騎士であるアレックスは体力があるのか、最低でも三回は出した。数時間を置いて一日のうちにまたすることも珍しくない。

欲望は、野獣並みで大変だ。

けれどクリスティナは、それくらい猛烈に好かれていることを嬉しくも思っていた。

「あっあ、アレックス様っ、好き、あなたが、好きですっ」

がつがつ奥を突かれながら、クリスティナは彼を抱き寄せて、必死になって愛の言葉を
伝えていた。

「俺も好きだ。愛してるクリスティナ――これからも、この先もずっと君を見続けるよ。

俺は、君だけのために存在しているんだ」

存在している、だなんてさすがに大袈裟《おおげさ》だ。

けれど、そうだと信じて疑っていない彼も愛しい。

ひたすらに一途で、純愛なのだ。愛は少々重めだが、それもまたクリスティナをきゅ
んっとさせた。

「ええ、私を見て。私も隣でずっと、あなたを見続けますから」

「クリスティナ――……」

腰を振りながら、アレックスが顔を近づけた。クリスティナも、そうするのが自然なよ
うに彼のキスを受け入れた。

私を見て――それは妖精ローレライの言葉だ。

しかしそれには、初めて人間を愛した際に『私も』と続けられた言葉があったのだろうと、クリスティナは幸福に満ちた彼との愛し合いの中で思ったのだった。

あとがき

百門一新《ももかどいっしん》と申します。ソーニャ文庫様でははじめましてになります。

このたびは多くの作品の中、本作をお手に取っていただきまして誠にありがとうございます！

こうして憧れのソーニャ文庫様で、書き下ろしの作品を執筆できましたのも、お声がけくださった担当者様、そして作品作りでお世話になった新しい担当者様のおかげです！

このたびは一緒に、とっても素敵な作品へと仕上げてくださいまして本当にありがとうございました！

本当に、たくさんお世話になりました……！

ヒーローヒロインをとても好きになってくださったうえ、他の登場人物達も好きだとおっしゃってくれて。どれだけファンタジーを盛り込むのかについても、相談にのっていただきました。

（シリアスやダークが入ったラブファンタジーも好きなのですが、ソーニャ文庫様らしい明るい話を！　ということで、とにかく楽しみすぎて、光栄すぎて、アレもコレも色々と浮かんで打ち合わせでも盛り上がった思い出！）

今回、少々ぶっ飛んだ感じで明るめ＆ラブコメも有りで——とのことで、やや個性が強めのヒーローを書かせていただきました。

こういうヒーローも大好きでございます。

妖精や魔法も存在するこの世界で、一人の女の子が成長しつつ幸せになるお話となりました。

ですので、ヒーローがド変態にならないよう意識いたしました。

年の差要素有りの包容力も、好きです。

変態感をヒーローが我慢するシーンがたびたびございますが、リアムや部下達が「変態！」「変！」と言いたいことを言っておりますので、そこも併せて本作をお楽しみいただけましたらとっても嬉しいです！

いつかシリアス＆ややダークが入った執着＆溺愛ものを書いてみたいと、浮かんだシーンをいくつか走り書きし、温めているネタ案がありますので、機会がありましたらそちらもどこかで皆様にお届けできたらなっ、と密かに思っているところです。

さて、このたび、とっても素敵なアレックスとクリスティナを描いてくださったのは、千影透子《ちかげとおこ》先生です！

カラーのイラストを拝見した際には最高すぎて興奮いたしました！

ソーニャ文庫様らしい美しい色合いの仕上がり、まさに物語から飛び出してきたかのような美しい、そして二人らしい構図にもうっとりです。素晴らしい数々の挿絵も、本当にありがとうございました！


この作品を刊行するにあたって、多くの方々に支えていただきました。担当編集者様、出版社の皆様、デザイナー様や校正者様——ご一緒できて光栄でした！

そして本作をお手に取ってくださった読者様にも重ねて感謝申し上げます。

ファンタジーも入ったこの世界観と、アレックスとクリスティナの二人の物語をお楽しみいただけていたら本当に嬉しいです。

百門一新

この本を読んでのご意見・ご感想をお待ちしております。

◆ あて先 ◆

〒101-0051
東京都千代田区神田神保町2-4-7 久月神田ビル
㈱イースト・プレス　ソーニャ文庫編集部
百門一新先生／千影透子先生

初恋《はつこい》をこじらせた堅物《かたぶつ》騎士《きし》団長《だんちょう》は妖精《ようせい》令嬢《れいじょう》に童貞《どうてい》を捧《ささ》げたい

2023年10月6日　第1刷発行

著　　者　百門一新《ももかどいっしん》
イラスト　千影透子《ちかげとおこ》
編集協力　adStory
装　　丁　imagejack.inc
発 行 人　永田和泉
発 行 所　株式会社イースト・プレス
〒101－0051
東京都千代田区神田神保町2－4－7 久月神田ビル
TEL 03－5213－4700　FAX 03－5213－4701
印 刷 所　中央精版印刷株式会社

ISBN 978-4-7816-9756-7
定価はカバーに表示してあります。

Sonya ソーニャ文庫の本

三年後離婚するはずが、なぜか溺愛されてます
～蜜月旅行編～
春日部こみと
Illustration ウエハラ蜂
Sonya

可愛い、可愛い、愛している、私の妻……

三年後に離婚する予定で契約結婚をしたアーヴィングとハリエットは、互いの気持ちを確かめ合い、本当の夫婦となった。それから三年、二人はあるきっかけで異国へ行くことに。アーヴィングはこの旅行で夫婦水入らずのイチャイチャを期待するが……。

『三年後離婚するはずが、なぜか溺愛されてます～蜜月旅行編～』 春日部こみと イラスト ウエハラ蜂